# 31番目のお妃様 6

桃巴

B's-LOG BUNKO
ビーズログ文庫

イラスト／山下ナナオ

CONTENTS



31BANME NO OKISAKI SAMA 6

31番目のお妃様◆人物紹介
マクロン
ダナン国の国王。
心の通じ合わない妃選びに
疲弊していたところで、
フェリアに出会い……？
リカッロ(左)＆ガロン(右)
カロディア領主と弟。
フェリアの２人の兄でもある。
フェリア
天空の孤島カロディア領か
らやってきた生粋の田舎娘。
魔獣にも後宮の洗礼にも負
けない！　規格外な『31番目』
のお妃様。

ソフィア
先王の第一側室。
ベルボルト領に下賜さ
れ、現在は貴人の位を
持っている。
エミリオ（左）＆ジルハン（右）
マクロンの双子の弟。
ビンズ
王城の騎士隊長。
マクロンと幼少からの
付き合いがある。
アルカディウス
セナーダ国の第三王子。
キュリー
ターナ国の姫で、２番
目お妃様。
ペレ
妃選びの長老の長。

# 1 想い

カチャカチャと音が鳴る。
持ち手が上がり、コポコポとお茶が注ぎ込まれる。
その様子をハラハラしながら皆《みな》が見ている。
唯一《ゆいいつ》、フェリアだけがニコニコしていた。
フゥとマクロンが小さく息を吐《は》いた。
ティーポットをテーブルに置き、淹《い》れたお茶を眺《なが》めている。出来映《できば》えに満足したのか、
『よし』と小さく声が漏《も》れた。
フェリアはクスッと笑う。
「これを飲んで待っていてくれ」
マクロンがフェリアにお茶を差し出した。
フェリアはマクロンの言葉に小首を傾《かし》げる。
「私も誕生日の食事を運んでこようと思ってだな」
マクロンが少し照れくさそうに言った。

今日は、フェリアの誕生日だ。本来なら三十一日以外は会えないしきたりであるが、皆の総意で二人は会っている。

フェリアがマクロンの誕生日に料理を振《ふ》る舞《ま》ったのと同じように、マクロンも食事を用意してくれているらしい。

フェリアもマクロンの照れが伝染《でんせん》し、頬《ほお》の血色が良くなる。

「しばしフェリアを頼《たの》む」

近衛《このえ》隊長にフェリアを託《たく》し、マクロンは『行くぞ』とお側騎士《そばきし》に声をかけて退室した。

いつもなら、フェリアの周囲にはお側騎士が連なるのだが、今日はマクロンの近衛と交代しているようだ。

フェリアの誕生日を皆で準備しているのだろう。セオだけ残して、いつもの三人はマクロンと一緒《いっしょ》に行ってしまった。

「芋煮《いもに》を作っているようです」

近衛隊長がフェリアにコッソリ教える。

「マクロン様が？」

お茶を淹れるだけでなく、芋煮にまで挑戦《ちょうせん》しているのだ。ゾッドらを引き連れた理由がわかった。できるだけ31番邸《てい》の芋煮を再現したいのだろう。

「少し時間がかかると思いますので、小話でも致《いた》しましょう」

近衛隊長が言った。

「フェリア様は、後宮の高い塀《へい》を物ともせず跳《と》び越《こ》えていけるとゾッドから聞いております」

フェリアは頬を引きつらせる。

以前、マクロンと11番邸で落ち合ったのは、近衛隊長も知っていることだ。だが、フェリアがどのように配備騎士に気づかれず向かえたのかは、お側騎士しか知らない。

「近衛隊長として、当然この情報は知っておかなくてはなりませんので、ゾッドを叱責《しっせき》しないでください」

「ええ、了解《りょうかい》よ」

確かに、近衛隊長が必要な情報になろう。主《あるじ》を守るためには、主の能力を知らねば体制作りなどできない。

「実は、王様も……」

近衛隊長が含《ふく》み笑《わら》いをした。

「王様のこの一年の奮闘《ふんとう》をお話ししましょう」

フェリアは、近衛隊長が紡《つむ》ぐ小話に耳を傾《かたむ》ける。

近衛隊長曰《いわ》く、マクロンはこの一年の間に、騎士のマントを拝借したり、衣装《いしょう》係に騎士服を作らせたりして、騎士になりすまし31番邸を目指したようだが、ことごとくビンズに曝《あば》かれたのだという。

「王様がこの一年で成功したのは」

「一度だけあるわ」

フェリアは近衛隊長の言葉を遮《さえぎ》るようにフフッと笑って言った。

「ええ、紫斑《しはん》病が発生する少し前でしょうか。王塔《とう》をつたい降りた幼い頃《ころ》のように、バルコニーからロープを垂らして降り、配備騎士や巡回《じゅんかい》兵に気づかれず……フェリア様の寝《しん》室《しつ》に忍《しの》び込んだのでしたね」

フェリアは近衛隊長が放った寝室という言葉に、恥《は》ずかしくなる。

「エへへ」

「それから、強固な警護体制になりまして、今はバルコニーにも騎士が配備されております」

それは、フェリア襲撃《しゅうげき》後からさらに強化された。

「私たちは常時お二人と共に居《お》ります。幼い頃よりその生活であった王様とは違《ちが》い、フェリア様は窮屈《きゅうくつ》に感じるでしょう。ですが、どうか私たちと共にあることに慣れてください。王様の成功した一回も……私は共に居りました」

「ええ、そうでなければ、小話などできませんわね。あなた方は、マクロン様の一部。マクロン様も一心同体だと思って取った行動でしょう。共に居ることが普通《ふつう》であり、共になければそれはマクロン様でない状態になる」

「はい。私たちを透明《とうめい》な壁《かべ》とでも思っていただければ」

近衛隊長の言葉にフェリアは首を横に振った。

「いいえ、一番お気に入りの服よ。マクロン様も私も、服は脱《ぬ》がないわ」

「フェリア様」

近衛隊長と近衛らがいっせいに膝《ひざ》を折った。忠誠を誓《ちか》うためだ。

フェリアは瞬時《しゅんじ》に立ち上がる。

「ゾッドからも聞いているでしょう。私は仲間を持ちません」

近衛らが小さく頷《うなず》く。

「皆は同志です。ダナンのため、万が一の時、私を切り捨てられますか?」

「はっ」

一寸《いっすん》の間もなく答えが返ってきたことに、フェリアは満足した。

シレッと部屋の片隅《かたすみ》にいた婆《ばあ》やがレイピアを持ってくる。

フェリアは、近衛騎士の肩《かた》に剣《けん》を当てた。

「その忠誠に値《あたい》する王妃《おうひ》となることを誓いましょう」

フェリアも誓いを返した。

ちょうどその時、マクロンが戻《もど》ってきた。

きっと、この場は近衛の要望だったのだろう。忠誠を誓う場を、マクロンは設けたのだ。

「終わったか？」

「はっ」

近衛隊長が晴れやかな表情で応えたのだった。


今日は四度目の三十一日である。残り二週間ほどで、妃《きさき》選びの期間は終わりになるのだ。

フェリアは新調した礼服に身を包む。

「これも身につけるわ」

フェリアは前王妃の形見である銀のブローチを手に取った。

そこには『ノア』が入っている。

マクロンやエミリオ、ジルハンも『ノア』を肌身離《はだみはな》さず持ち歩くようにしている。最終手段の命の砦《とりで》として。

「フェリア様、王様がお見えになりました」

専属女官のバネッサが報告する。

今日の王城は、穏《おだ》やかな中に繊細《せんさい》な緊張《きんちょう》が漂《ただよ》っていた。

ほとんどの者が礼服に身を包んでいることにも起因する。

「霊廟《れいびょう》は少し寒いようなので、こちらを」

バネッサがガウンをフェリアにかけた。

「王様からです」

フェリアは頷き、そっとガウンを撫《な》でた。マクロンの優《やさ》しさを肌で感じる。

「行きましょう」

邸宅《ていたく》を出るとマクロンが佇《たたず》んでいる。その視線は、王城を向いていた。だが、見ているのは王城でなく背後の岩山だ。

「マクロン様」

フェリアはマクロンの横に立った。

「見えるだろうか？」

マクロンが岩山に指を差した。

「岩山であるのに、一本だけ樹《き》があるのが」

フェリアは岩山を眺める。中腹に小さく緑が見えた。

「ええ、見えます」

「ダナンの祖は、あれが世界樹だと宣言しここに建国した。あんな小さな樹が世界樹だとは誰も思わないだろう」

　フェリアは首を横に振る。

「不毛な地に根付く力こそ世界樹ですわ。大樹など、土壌《どじょう》の良さでいくらでも育つものです。祖は、きっと岩山にポツンと育つ緑に心打たれたのでしょう」

「ああ、だからこの地にダナンを建国したのだ。それが証明できた」

「証明？」

　フェリアはマクロンの言葉を不思議に思った。

「ああ、フェリアが証明した」

　フェリアは瞬《まばた》いた。

「岩山に近い王城の土壌で『ノア』が育った。祖はこの地が豊かであると、あの世界樹からわかっていたのだ。見るからに豊かな地は狙《ねら》われやすい。だが、ここなら……祖はきっとそんな想《おも》いからダナンの地を選んだのだろう」

　フェリアは岩山を見つめる。少しだけ込《こ》み上《あ》げてくるものがあり目元が潤《うる》む。

　マクロンがソッとフェリアの目元をハンカチで拭《ぬぐ》った。

「行こうか。皆が待っている」

　王城の背後、岩山の入口には霊廟門があり、王族しか開閉が許されていない。王家の霊廟があるのだ。

「エミリオ、ジルハン」

マクロンが霊廟門の前で待っている二人を呼んだ。

「兄上、姉上」

すぐに答えたのはエミリオだ。

ジルハンは遠慮《えんりょ》がちに頭を下げるのみ。

「ジルハン、調子はどう？」

フェリアはジルハンに歩み寄る。

「だ、大丈夫《だいじょうぶ》です」

会話に慣れていないのか、ジルハンの声は小さい。ソフィアやベルボルト夫妻以外と会話するなど、慣れていなくて当然だ。屋敷《やしき》から出なかった生活の弊害だろう。

エミリオとて、最初は同じようなものだった。こちらはひねくれ者で拗《こじ》らせ者だったが。

「そう？　ちょっと診《み》てあげる」

フェリアはジルハンの額に手を当てようとして、グローブをしていることに気づく。これでは熱の有無《うむ》がわからない。

ジルハンの前髪《まえがみ》を上げて、自身の額を当てた。

途端《とたん》、ジルハンが顔を真っ赤にし、視線が泳いだと思ったら瞬時に青ざめる。

「やっぱり、おかしいわ。マクロン様、少し休ませた方が……」

振り向くと悪魔が笑ったような顔が間近にあった。

「へ？　マクロン様？」

マクロンがフェリアの腰《こし》を引き寄せる。

「姉上、私の時は目打ちを向けてきたのに、ジルハンには優しいのですね」

エミリオが口を尖《とが》らせた。

「そりゃあ、兄上だって嫉妬《しっと》しますよ。額で熱を測るなんて、私だってイザベラにしてもらったことがないのに」

フェリアはそこで、ジルハンの顔色の変化も、マクロンの悪魔の笑《え》みも理解した。

ジルハンは、恥ずかしくて真っ赤になり、マクロンの形相を見て青ざめたのだ。

そして、マクロンは言わずもがな嫉妬である。

「あ、あの、だって、グローブをしていて、熱がわからないから」

フェリアは上目遣《うわめづか》いにマクロンを見上げ、意を決したようにつま先立ちした。

マクロンの額にもコツンと額を当てる。

マクロンが大きく目を見開いた。

「お顔、治りましたわね」

フェリアはフフッと笑った。

「あーあ、見せつけられた。いいな、兄上。いいなあ」

エミリオの囃《はや》しに、マクロンがげんこつを落としたのは言うまでもない。

「ジルハン、助けてぇえ」

エミリオがジルハンに手を伸《の》ばす。

「いいか、兄上は姉上命だからな。兄上に何かお願いしたいことがあれば、姉上を通した方がいいぞ」

ジルハンが笑う。エミリオがあえて道化《どうけ》を演じているのは、きっとジルハンを思ってのことだろう。

マクロンとフェリアは互《たが》いに微笑《ほほえ》み合った。

「だーかーらー、その甘いのは後にしてください」

皆の視線が交わり、次第《しだい》に笑顔が溢《あふ》れる。

「行こう、父上と母上に会いに」


半旗が穏やかな風に乗りゆったりと揺《ゆ》れている。

鐘《かね》が鳴る。

王家の霊廟門が開いた合図だ。

王城の者も、王都の民《たみ》も岩山に黙祷《もくとう》を捧《ささ》げる。皆が、先の王と王妃を想った。きっと、二人はエミリオとジルハンの復籍《ふくせき》を天から見守っていたことだろう。そして、明かせぬもう一人の命も、やっとひとところに揃《そろ》うのだ。

マクロンは小箱を開く。

マクロンのへその緒《お》と、エミリオとジルハン、公《おおやけ》にできなかった死産の弟のへその緒が揃っている。

「父上、母上、これで皆揃いました」

祭壇《さいだん》に小箱を置き、墓標に語りかけた。

「フェリア」

マクロンはフェリアの手を取り促《うなが》した。

膝を折ったフェリアと同じように、背後のエミリオとジルハンも片膝《かたひざ》をついた。

「新たなダナンの幕開けです」

マクロンは胸を張る。

「もう、見守る必要はありません。ただ見ていてくれるだけでいい。守る力もない者が、王になどなれませんから」

マクロンの言葉を受け、フェリアも立ち上がり墓標に向かう。

「私も守られる気は毛頭ありません。またいつか皆が揃うまで、心穏やかにお待ちください」

いつか、この霊廟にフェリアも入ることになるのだから。

マクロンは、エミリオとジルハンに視線を送る。

二人に場を渡《わた》すように、マクロンとフェリアは下がった。

「……私は、まだ見守っていてほしいです。やっとここに来られたばかりだから。父上と母上にまだ……甘えたいから」

エミリオが泣き笑いの顔で言った。

ジルハンが頷きながら、頬に一筋の涙《なみだ》を流す。

「私も同じです」

それ以上の言葉を紡げず、ジルハンは静かに泣いていた。

鐘が鳴り、祈《いの》りの終わりを告げる。

王都から拍手《はくしゅ》が巻き起こった。喝采《かっさい》はない。ただ、皆が想いを込めて王城へ、岩山へ、天へと拍手を送ったのだった。

# 2 夜会に向けて

フェリアは城門前でキュリーを出迎《でむか》える。

「お久しぶりです」

キュリーが真っ先に膝《ひざ》を折った。

フェリアは以前のように慌《あわ》てたりしない。目礼を返して微笑《ほほえ》んだ。

キュリーも珍《めずら》しく笑《え》む。

「風格が備わりましたね。一年前とは別人のようで……いて、芯《しん》は変わっていらっしゃらない。ダナンの王妃《おうひ》に相応《ふさわ》しいわ」

キュリーが扇子《せんす》を開き、口元を隠《かく》した。それでも嬉《うれ》しげな瞳《ひとみ》は隠せない。

フェリアはキュリーの手を包み込むように、扇子を閉じる。

キュリーが焦《あせ》ったように目を泳がせた。

「ダナンでは、笑みは見せるものですわ」

フェリアが『フフフ』と笑うと、キュリーもつられて頬《ほお》を緩《ゆる》めた。

「フェリア様。私もご挨拶《あいさつ》を」

7番目の元妃《きさき》が優雅《ゆうが》にやってくる。

舞踏《ぶとう》が盛《さか》んな国の姫《ひめ》であり、フェリアのダンスの師にして、ドレスの生地《きじ》を手配してくれた親交の深い元姫妃《きひ》である。キュリーと共に最後までフェリアの妃教育を支えてくれたのだ。

フェリア、キュリー、7番目の元妃は、手を取り合って再会を喜んだ。

「夜会のことを相談してもいいかしら？」

フェリアは一週間後に迫《せま》る夜会の相談を二人にした。

「妃選びの最終日ですわね」

キュリーが感慨深《かんがいぶか》げに呟《つぶや》く。

あと一週間で長い十二カ月が終わり、次期王妃のお披露目《ひろめ》の夜会が開催《かいさい》される運びとなった。

フェリアにとっては十二カ月であるが、先に後宮に入っていたキュリーらにとってはそれ以上になろう。

マクロンにとっては十四カ月にも及《およ》ぶが。

すでに、妃選びはフェリアを次期王妃にすることで決まっている。

しかし、しきたり上、内外に選考が終了《しゅうりょう》したことを知らしめる夜会をもってして妃選びは終了となるのだ。

その夜会が、対外的に次期王妃フェリアのお披露目となる。

妃選びが終わる夜会には、元妃らが再度集《つど》うのだ。

そうは言っても、参加を望まない元妃もいるため代役も認めている。

一般的《いっぱんてき》には、振《ふ》られた者が振った相手の婚約《こんやく》パーティに招待される状態だ。王族、貴族社会でなかったら、無礼な招待とも言える。屈辱《くつじょく》以外の何物でもないだろう。

だが、王家の夜会を、個人の感情を優先して欠席などできない。大国ダナンを蔑《ないがし》ろにして、親交は得られないのだ。

特に、今回の夜会で次期王妃とお見知りおきをすることが、多くの元妃には求められていよう。敵対した過去があろうがなかろうが、関係ないのだ。一角魔獣《まじゅう》の干し肉やタロ芋《いも》、薬草茶など取引したいことが山ほどあるのだから。

元妃よりも交渉《こうしょう》上手な使者を遣《つか》わす方が賢明《けんめい》だと思っている国もあろう。

要するに、外交夜会のようなものだ。

もちろん、次期王妃のお披露目ということで、周辺各国や繋《つな》がりのある国の参加もある。申請《しんせい》さえすれば、国交のない国も参加できる大々的な夜会が催《もよお》されるのだ。

「聞いておりますわよ」

7番目の元妃が好奇心《こうきしん》いっぱいの目をして、フェリアを窺《うかが》う。

「まさか、王族が二人も復籍《ふくせき》するなんて……きっと、夜会はフフフフ」

エミリオとジルハンのことだ。他国にも、すでに知《し》れ渡《わた》っているのだろう。

フェリアは、7番目の元妃の言葉に首を傾《かし》げる。

「フェリア様、夜会とは『女の戦い』であり『男の社交の場』ですわ。今回、どちらも活発になりましょう。……特に令嬢《れいじょう》の獲物《えもの》を狙《ねら》う戦いは、見物ですわね」

キュリーがそう言って少しだけ口角を上げる。

フェリアはハッとする。

「獲物って、エミリオとジルハン⁉」

「ええ、それ以外に誰《だれ》が居《お》りますの？」

7番目の元妃が楽しげに言う。

「それに、フェリア様も獲物になりましてよ。今後の権勢にすがりつきたい貴族らの格好の獲物に。もちろん、陰湿《いんしつ》な勝負を挑《いど》む者も居りましょう。次期王妃様の記憶《きおく》に留《とど》める手段として、あえて対峙《たいじ》する巧妙《こうみょう》な者も出てくるでしょう」

「それに気づかず、私が憤怒《ふんぬ》したらそれまでの器《うつわ》として認識《にんしき》されるということかしら？」

7番目の元妃が軽く頷《うなず》いて返した。

キュリーも続けて加える。

「昨日の敵は今日の友とも言いますわ。逆に、一見味方に見える者が敵であったなど、貴族社会では至って通常。それよりも、互《たが》いの力を認め合い、あえて敵として立つ者を見分ける真贋《しんがん》が必要なのです。一癖《ひとくせ》も二癖《くせ》もある貴族の真意を推《お》し量《はか》れなければ、取るに足りない妃として認識されましょう」

フェリアは、一瞬《いっしゅん》アリーシャのことを思い出す。味方と思った者が敵であった。ミミリーのように真っ向から対峙する者の方が少ないのが貴族社会なのだ。

サブリナやソフィアも敵の部類だった。表に出す言葉に、他の意図を隠している。

だが、今やそれはなりを潜《ひそ》め、フェリアが信頼《しんらい》する臣下となった。これもまた、敵が味方になったとも言える。フェリアにその器が備わっていなければ、そうはならなかっただろう。正義を振りかざして排除《はいじょ》していれば得られなかった味方である。

「今回の夜会は、私の品定めとも言えるのね」

フェリアはニヤリと笑む。

「……何やら、楽しそうですわね」

キュリーが目を細めてフェリアを見ている。

普通《ふつう》、品定めされる夜会など気が重いものだ。いくらお披露目といっても、それを安易に喜ぶ程度の能天気な妃では先が思いやられる。

「ええ、挑まれるなんて光栄だもの。挑まれる価値もない存在にはなりたくはないわ」

「流石《さすが》、フェリア様ですわ。私なんて、その対処が嫌《いや》で笑みを作らず凌《しの》いでいますのに」

キュリーが扇子を広げて口元を隠す。キュリーが無愛想なのは、戦略なのだ。貴族社会で生きていくための手段なのだろう。

一人一人の貴族の思惑《おもわく》に神経を尖《とが》らせて対応するなど、ずっとは続けられない。

「私なんて、すぐにダンスに逃《に》げてしまうわ。それが手っ取り早いから」

7番目の元妃が肩《かた》を竦《すく》めた。

皆《みな》、色んな手段を用いて社交の場を切《き》り抜《ぬ》けているのだ。

「フェリア様」

背後で控《ひか》えていた女性騎士《きし》のローラが絶妙《ぜつみょう》なタイミングで声を挟《はさ》んだ。

「お二人とも長旅でお疲《つか》れですので」

まだ、城門前であった。

「あら、ごめんなさい。思わず、話に花が咲《さ》いてしまって。ローラ、二人を案内して」

元妃らの滞在《たいざい》先は、1番邸《てい》を迎賓館《げいひんかん》として設けている。代役を立てた国の使者や後見人には、執務殿《しつむでん》の一角を準備した。地方貴族の元妃は、ゲーテ公爵《こうしゃく》家の別邸《べってい》。他の参加国は、宿場町の高級宿が滞在地になっている。

「では、後ほど」

フェリアは一旦《いったん》、キュリーらと別れた。

城門前で迎《むか》える人物は、二人だけではない。

「フェリア」

マクロンの声に、フェリアはお茶を置き振り返る。

城門広場のガゼボでお茶を飲んでいるのだ。

「まだか？」

「ええ、まだのようですわ」

マクロンがフェリアの隣《となり》に座った。すぐに侍女《じじょ》がお茶を用意する。

「本来なら、我々が出迎えるなどあり得ないのだがな」

「そうですわね。庭師を王と次期王妃が出迎えるなんて」

医術国アルファルドに出張していた庭師が戻《もど》ってくるのだ。それも、最高級の『眠《ねむ》りの花』と『目覚めの花』を携《たずさ》えて。

これにはわけがある。アルファルドから『ノア』提供の依頼《いらい》が舞《ま》い込んできたのだ。ソフィアが『ノア』のことを知っていたように、どこかから情報が漏《も》れていたのだろう。他国なら、ちょっと珍しい種程度の情報で留まれるが、医術国のアルファルドが『ノア』に興味を示さないわけがない。

医術国に『ノア』を提供することは、やぶさかではない。ただし、無償《むしょう》とはいかないのが、国家間のルールというものである。

「『ノア』だけでなく、『クコの丸薬』まで希望してきたのだ。全く、アルファルドは面の皮が厚いというか」

元々、ダナンに大きな借りがあるアルファルドが、どの口を開けて『ノア』の提供を希望するのかと一蹴《いっしゅう》してもいいのだが、そうはいかない理由もある。

「叔母上《おばうえ》の立場が危《あや》ういからな」

ダナンとアルファルドの関係は、先王の妹が嫁《とつ》いだことから始まっている。

つまり、アルファルドの第一妃はマクロンの叔母にあたり、ダナンの血縁者《けつえん》である。

いくら、フェリアに危害を加えようとしたアリーシャの母であっても、彼女の立場は守らなければならない。

ダナン国としてはアリーシャの冷遇《れいぐう》を望むが、一方でダナン縁者《えんじゃ》である叔母の厚遇《こうぐう》も望むという難しい状況《じょうきょう》になっている。

アリーシャと、アルファルド王弟の嫡男《ちゃくなん》であるハロルドは王位継承《けいしょう》権を返上したと聞く。もちろん、それは表だってのことで、実際は剝奪《はくだつ》されたのだ。他国の次期王妃を襲《しゅう》撃《げき》した責任を負って。

だからといって、アリーシャはともかく叔母までアルファルドが冷遇すれば、流石にダナンも黙《だま》ってはいない。

そうさせないための手段として、この取引は有効だろう。

「『ノア』の可能性を医術国に提供するのは良《よ》いことですわ。それに、『クコの丸薬』だってカロディアが……ダナンが専売する必要もありませんもの。ですが、カロディア研修はお断りだわ」

アルファルドからの申し入れには、カロディア研修の希望もあったのだ。アルファルドにしてみれば、薬草領のカロディアに興味をそそられるのも頷ける。

『ノア』と『クコの丸薬』の取引をする使節団の他に、妃選び最後の夜会に出席する使節団、カロディア視察の使節団と、続々とダナンに向かっているようだ。

アルファルドの使節団が多いのは、貢献度《こうけん》を重んじる国の事情があるからだ。それぞれの使節団が貢献度を競《きそ》って別々にやってくるのだろうが、マクロンにとっては迷惑極《めいわくきわ》まりない。

「ああ、流石にそれはいただけない。他国にズカズカと足を踏《ふ》み入《い》れ、美味《おい》しい汁《しる》だけ吸っていこうなど了承《りょうしょう》するものか。早々に断りを出した」

マクロンが眉間《みけん》にしわを寄せながら言った。

フェリアは『へ？』と声を漏らす。

「違《ちが》いますわ。カロディアは魔獣の棲《す》む地です。一般人は……足手まといになるから迷惑なんです。だいたい、カロディアの入領は、魔獣に一撃《いちげき》が条件です。アルファルドの医術者には、たぶん無理ですわ。美味しい汁どころか、恐怖《きょうふ》を味わうだけです」

カロディアで長期入領するなら、魔獣の耐性《たいせい》がなければならない。いくら高貴な者でも、魔獣を前に命の優劣《ゆうれつ》をつけるなら、捨て置かれる対象になろう。足手まといをいちいち庇《かば》っていては生活できない辺境地なのだ。

訪問程度の一時なら入領できるのだが、研修ともなれば長期間になろう。その間、誰が得にもならない警護を引き受けるというのか。

「前女官長のサリーだって、元侍女だって魔獣と対峙して、耐性がついてから入領許可を出したのです」

マクロンにとっては初耳で、少々驚《おどろ》いたようだ。

フェリアは、口を尖らせながら『王都とは違いますから』と告げた。

「まあ……な。関所で身分証を見せるようなものか」

そんな話をしていると、城門を大きな幌《ほろ》馬車が通過する。

「到着《とうちゃく》したようだな」

「あの中に『秘花』があるのですね」

二人は立ち上がり、城門前に進む。

アルファルドに出張していた庭師は元騎士である。騎士を引退した後、庭師として第二の、いや第三の人生を歩む変わり者だ。

そうは言っても、基本は騎士としての心得を失わず、忠誠心が高い。

先王の頃《ころ》、この庭師の進言により、水門前に温室が増設された。花を育てるという表向きの顔とは違う役割を温室に持たせている。

平時なら温室、乱世なら騎士や兵士の隠れた詰所《つめしょ》となる温室なのだ。地植えでなく、鉢《はち》植《う》えの花の栽培《さいばい》をしており、敵の侵入《しんにゅう》時には投石ならぬ投鉢《とうはち》という具合で応戦することができる。

それが『眠りの花』ともなれば、防御《ぼうぎょ》能力は格段に上がるだろう。

前回、ハロルドとアリーシャが持参した『秘花』はカロディアが大半を引き取っている。一部は人が踏み入れぬ郊外《こうがい》の森深くで育成と品種改良を行っている。王城の庭師だけがその場所を知っているのだ。

最高級の『秘花』の到着で、さらに改良が進むだろう。

「王様、ただいま戻りました！」

どう見ても、庭師には見えない筋肉隆々《りゅうりゅう》の初老の男が声を張り上げた。

ドスドスと歩き、マクロンの前で膝を折る。

「アルファルドはどうであった？」

マクロンが訊《き》くと、庭師は『へなちょこばかりでした』と言って、アルファルド王城の造りや騎士、兵士の能力の話を余すところなく話し続ける。

「待て、ダルシュ。お前は何をしにアルファルドに行っていたのだ？」

マクロンが呆《あき》れたように言った。

これまでの発言は庭師としてというより、ある意味間者のような報告なのだ。

「はて？　なんだったのでしょう？」

ダルシュがすっとぼける。

フェリアは思わず笑ってしまった。

「リカッロ兄さんみたいだわ」

フェリアの呟いた言葉に、ダルシュが反応する。

「これは、これは、次期王妃様でいらっしゃいまするか？」

ダルシュがバッと立ち上がった。

「ええ、初めましてなのかしら？　遠目では会っていますよね」

後宮で一年間も生活しているのだから、庭師に面識もある。ダルシュだと思われる人物を遠くから見た記憶がフェリアにはあった。その時は、騎士だと思っていたが。

「はい！　この図体《ずうたい》ですので目立ちましょう。どこに行っても庭師だと思われないのですよ。アルファルドに着いて、最初に案内された先は闘技場《とうぎ》でしたから」

これには、フェリアとマクロンの背後にいる近衛《このえ》もお側《そば》騎士も噴《ふ》き出《だ》してしまった。

「なるほど……アルファルドは勘違《かんちが》いしたのだな？　ダナンの猛者《もさ》が脅《おど》しに来たと」

マクロンがそう言ってブッと噴き出す。

「『ダルシュが襲撃するぞ』と思われたのですわ。正々堂々とした仕返しだと、アルファルドは思ったのでしょう」

フェリア襲撃の仕返しをしに、ダナンが送り込んだ庭師擬《もど》きだとアルファルドは疑ったのだ。ダルシュはどう見ても庭師に見えない。

「ある意味、私が行って正解でした。闘技場で一暴れしまして、『へなちょこ』しか居りませんでしたので、その後は好き勝手に王城を闊歩《かっぽ》できまして」

アルファルドは観念したのだろう。医術は進んでいても、武術方面は弱い国であると露《ろ》呈《てい》した。

「皆、ビクビクしていて滑稽《こっけい》でした。『どうか、仕返しは私以外を！』などと叫《さけ》び逃げていく者も居りまして、自由気ままに過ごすことになったのです」

「全く、お前という奴《やつ》は」

マクロンはそこで言葉を止めフッと笑った。

「……上出来だ」

ダルシュが嬉しそうに『はっ』と答えた。

「叔母上には会えたか？」

「はい。こちらを」

できれば叔母と連絡《れんらく》を取りたいというマクロンの希望を、ダルシュは任務として忠実にこなしたのだ。

通常、庭師が会える人物ではない。

マクロンの叔母は、アルファルド内では評価は低いかもしれないが、対外的には第一妃、つまり正妃《せいひ》の立場になる。

そして、正式ルートでの連絡は必ず誰かの目が入るのだ。マクロンは、叔母と内密に連絡する手段を持ち合わせていない。

ダルシュが懐《ふところ》から出した文をマクロンに渡す。

「……なるほど、そうか」

一読し、マクロンがフェリアに文を渡した。

『ご配慮《はいりょ》ありがとうございます。もうしばらく踏ん張ってみますわ』

宛名《あてな》も差出人も記されていない。そうすることで、この文がマクロンの手に渡る前にさらされても問題ないようにしたに違いない。

「やはり、ダナンには戻らないのですね」

マクロンがダルシュに託《たく》したのは、アリーシャと共にダナンに戻ってはどうかとの打診《だしん》だった。

立場が弱い叔母を思っての提案だ。また、歪《ゆが》んで成長してしまったアリーシャのために。

「まあ、予想はついていた。確かに今の今まで踏ん張ってあの地で生きてきたのだ。引くに引けない戦いもあったのだろう。誰一人として支えてくれる者もいない状況で」

だからこそ、アリーシャはあのようになったのだろうか。

「今回の取引は、ダナン血縁者である叔母上の顔を立てたことだと、アルファルドには重々伝えるとしよう。これで、少しは叔母上の居心地《いごこち》も良くなるはずだ」

医術国として、カロディアの情報が欲《ほ》しいに違いない。カロディアで根付いたものは、補薬という習慣だ。病を治すのでなく、病にならないよう薬を用いる概念《がいねん》である。紫斑《しはん》病対策の芋《いも》煮《に》も薬膳《やくぜん》鍋《なべ》に分類される補薬の習慣になろう。

アルファルドにしてみれば、それを目新しく感じるのだ。喉《のど》から手が出るほど欲しい情報に違いない。

だが、カロディアにしてみれば、補薬は一般的である。それこそ、婚礼《こんれい》品目に上がるぐらい身近なものだ。地域に根付いた民間療法《りょうほう》と言えよう。

「『ノア』と『クコの丸薬』で叔母上の立場が守れるなら、お安いご用だわ。アルファルドでの叔母上の立場はダナンの立場と同等ですものね」

「ああ、面倒《めんどう》な状況で、色々迷惑をかけてしまうが……あの丸薬を頼《たの》む」

悶絶《もんぜつ》を味わう丸薬を思い出したのか、マクロンの顔が歪んでいた。

「了解《りょうかい》しましたわ。あっ、そうだ！」

フェリアはニンマリ笑って、銀のブローチに忍《しの》ばせている『ククの丸薬』を取り出す。

マクロンが一瞬怯《ひる》んだ。

しかし、ダルシュは気になるのか丸薬を見つめている。

「ダルシュ、長旅で疲れたでしょ？　これが『ククの丸薬』よ。滋養強壮《じようきょうそう》の丸薬だから、どうぞ」

「なんと！『秘花』と交換《こうかん》するような貴重な物を私にいただけるとは！」

「だって、尊敬する庭師ダルシュですもの」

背後の近衛騎士やお側騎士はグッと笑いを堪《こら》えているに違いない。

「ダルシュ、口を開けろ」

マクロンがフェリアの意図がわかったのかシレッと命じた。

「はへ？」

ダルシュが声を漏らしたと同時に、フェリアは丸薬を口に放り入れた。

「ウグッ」

ダルシュがよろけそうになる。

「マクロン様はなんとか持ちこたえ、ゾッドは地面に沈《しず》んだわ。近衛は両膝《りょうひざ》を崩《くず》し、近衛隊長は片膝《かたひざ》で耐えた丸薬なの。カロディアではこれを飲めたら『イッパシ』と言われているの」

崩れそうになる膝を、なんとか持ちこたえながらダルシュが踏ん張る。

「流石、ダルシュだわ」

フェリアは、ダルシュの背をバンと叩《たた》く。

「ウグッ」

「ダルシュ、礼は言わぬのか」

マクロンがククッと笑った。

ダルシュが片膝をつく。

「あ、りがた……きぃ、幸せに、存じます」

褒《ほ》めながら背を叩くフェリアと、膝をつけられるように礼を命じたマクロン。

底知れない気配りのようでいて、底知れない恐《おそ》ろしさも備わっている。

ダルシュは肌《はだ》で感じたことだろう。王と次期王妃の連携《れんけい》のすごさを。

政務に戻ったマクロンに、カロディアからの文が届けられる。

「リカッロ殿から緊急《きんきゅう》との知らせです！」

早馬騎士が、マクロンに文を渡す。

マクロンはまた何かあったのかと、急いで文を開いた。

＊＊＊

フェリアは馬車に乗れません。

詳細《しょうさい》はフェリアにお聞きください。

リカッロ

＊＊＊

「は？」

マクロンは思わず声が出た。

「王様、なんと？」

ビンズが真剣《しんけん》な眼差《まなざ》しでマクロンに問う。

「また、緊急事態が発生しましたか？」

「いや、違う。ん？　違わないのか？」

マクロンはリカッロが緊急に知らせてきたことの意味を考えて、それに気づいた。

「そうか！　パレードか」

「婚姻《こんいん》式のパレードが狙われていると？」

ビンズの顔が険しくなる。

「いや、そうではない」

マクロンは、ビンズにリカッロの文を見せた。

「……馬車が？」

ビンズが何か思い出したのか、ハッとする。

「フェリア様は、王城に入る際も牛車で城門まで来ておりました」

「そうか。馬が苦手なのかもしれないな。ビンズ、パレードは牛車にせよ」

「できませんから！」

すかさず、ビンズが返した。

「どこの国に、パレードを牛車でする王家などありましょうか⁉」

「ダナン初でいいではないか」

「良くはありません！　まだ時間は十分にありますから、フェリア様に慣れていただきましょう」

まだ時間はあると思っていた馬車練習が、近々本番になるとはこの時は誰も予想もしなかっただろう。

それも、逼迫《ひっぱく》した状況になることなど……。


夜会三日前。

「すごく目立つわね」

フェリアは鏡を見ながら呟く。

「目立たなければなりませんから、上出来です」

バネッサがすかさず答えた。

黄色と橙色《だいだいいろ》の鮮やかなドレープたっぷりのドレスである。

「夜会でお披露目衣装《いしょう》が目立たなければ、嘲笑されましょう」

キュリーがそう言いながら鏡越《ご》しでフェリアと視線を交《か》わした。

「でも、今までになく派手でしょ？」

フェリアは苦笑《くしょう》する。だが、それも受け入れていた。

ソフィアからのねじ曲がった妃教育の賜物《たまもの》かもしれない。目立つことでこそ、危険を避《さ》けられると知ったのだ。注目を浴びることは、周囲の目により身を守ることに繋がるのだから。

マクロンが決まって青色の服を着用しているのも、どこにいても王であると認識させるためである。マクロンの治政下では、似通った青色を着用する貴族はいない。

王の色、王妃の色は正式な場である程度決まっているものだ。

もちろん、年齢《ねんれい》に合わせ変容の時期もある。

「フェリア様の色を示す夜会でもありますから」

フェリアは頷いた。

「キュリー姫のドレスを借りた夜会が懐《なつ》かしいですわ」

「あれは、妃選びの第一段階が終わる夜会でしたね」

「不思議ですわ。つい最近のようでいて遠い過去にも思えるのだから」

フェリアは、この一年を思い出す。

こんな濃密《のうみつ》な一年は、今後の人生で経験することはないだろう。

「ところで、アルカディウス王子が到着する頃ですのに、ここにいていいのですか？　お迎えに行かれては？」

1番目の元妃の後見人として、アルカディウスは夜会に参加する。一つ歳《とし》を重ねたが、1番目の元妃はまだ八つなのだから、夜会に出るには後見人が必要なのだ。

「私がここにいることで、姫がこちらの邸《やしき》まで足を運ぶという段取りなのです。甘いパンをご所望《しょもう》ですのよ」

キュリーがそう言って、セナーダの姫からなのだろう花柄《はながら》の文をチラリと見せる。キュリーとセナーダの姫は親交を深めているようだ。

フェリアは窓から外を眺《なが》める。1番邸の警護騎士だったセオが見える。

「パンだけがお望みなのかしら？」

そう言ってフフッと笑った。

アルカディウスがしょんぼりと歩いている。

キュリーに会えると思っていたのに、不在であったのだ。さらに追い打ちをかけるように、アルカディウスの滞在先は執務殿の客間であった。

流石に後宮に滞在できるなど思ってもいなかったが、会えずに客間に通されるなどため息しか出ないのだろう。

「はぁ」

妹は『じゃあね、お兄様！』と元気に後宮に入っていった。スキップまでして、鼻歌交じりで。

「アルカディウス王子」

マクロンは肩を落としながら歩くアルカディウスに声をかけた。

「マクロン殿!」

アルカディウスがハッと顔を上げる。

「これは、失礼致《いた》しました。私としたことが、なんとも情けない」

王に気づかず歩いていた非礼に、アルカディウスが頭を下げる。

「いやいや、その心情は我もわかります」

マクロンはアルカディウスの肩をポンと叩き労《いたわ》った。

「我も会えずに退散中です。なかなか後宮の壁《かべ》は厚く高い」

マクロンは、フェリアのドレス姿を見たくて忍んだのが、今回もまたビンズに強制連行されたのだ。

「それよりも、セナーダは……大丈夫《だいじょうぶ》ですか?」

セナーダ王の体調が芳《かんば》しくない情報は入っている。

「政務は一番上の兄に、軍務は二番目の兄に任せてのんびり過ごしているおかげか、ずいぶん良くなってきています」

アルカディウスが『自分は外交という遊びを任せられている』とつけ加えて笑った。

「安心して任せられる存在があるのはいいことです」

「ダナンもそうなるのではないですか？」

安心して任せられる存在とは、フェリアだけでなくエミリオとジルハンも指すであろう。

マクロンは思わず、顔を綻《ほころ》ばせた。

「喜ばしいことが、ダナンは続きますね。羨《うらや》ましい限りです」

「そちらこそ、キュリー姫との婚約が正式に成立すると聞きました。今後とも親しくしていただければ」

マクロンはアルカディウスと自然に握手《あくしゅ》した。

キュリーとアルカディウスの婚約は、今回の夜会後に両国で書面を取《と》り交《か》わし成約することになっている。妃選びが終わってからの婚約であるのは、ダナンの顔を立てるためだ。

ダナン、セナーダ、ターナが親密な関係になる。これが平安を維持《いじ》することになるだろう。

一石でいくつもの益を得る。それが貴族社会というものだ。その能力がなければ、なんのために地位を賜《たまわ》っているのかとも言える。

「王様」

近衛隊長が声をかける。

「セナーダの姫様からご要望が届いておりまして」

マクロンはアルカディウスと視線を合わせた。

アルカディウスが、首を横に振る。どうやら、知らないらしい。

「妹はなんと要望を？」

マクロンは近衛隊長から花柄の文を受け取って、アルカディウスにも見せるように開いた。

『エスコートはセオがいいです。お願いします。だって、お兄様は、キュリー様をエスコートしたいはずだもの。フェリア様もいいって言ってくれましたわ』

「なるほど、良い妹をお持ちですね」

マクロンは笑う。

アルカディウスが少々照れている。

「申し訳ありません。このような文を安易に出すなど……全く参ったな」

一国の王に出す文の様相ではない。しかし、相手は八歳の姫なのだ。微笑ましい限りである。

「フェリアの許可もあるようなので、了承しよう。アルカディウス王子、後宮への立ち入りを許可しますから、キュリー姫にエスコートの申し入れをし、打ち合わせを行ってください」

アルカディウスの顔がパァッと華《はな》やぐ。

「マクロン殿、ありがとうございます！　早速《さっそく》、準備に取りかからねば。花も贈《おく》り物《もの》も……それから、何より『愛の言葉』。御前《おんまえ》、失礼致します」

マクロンはアルカディウスの発言に、若干《じゃっかん》引きながら見送った。

「羨ましいですか？」

近衛隊長が言った。

「ああ、羨ましいな。私は『愛の言葉』を簡単に用意できないからな」

マクロンは苦笑しながら王塔《とう》に向かったのだった。

さて、マクロンを強制連行したビンズは31番邸に向かっていた。

途中《とちゅう》、他国の侍女を追《お》い越《こ》したが、違和感《いわかん》を覚え振り向いた。

「待て、何用でここにいる？」

現在、後宮で使用されている邸は、迎賓館の1番邸、タロ芋畑の6番邸、乾燥庫《かんそうこ》とサシェ工房《こうぼう》の11番邸、イモニエールの15番邸、そして31番邸である。

15番邸を過ぎ、20番邸の前を通る他国の侍女など怪《あや》しすぎる。

「お、お届け物があって」

顔を上げることなく、侍女が発する。

「お前はどこの侍女だ？」

「……」

無言の返答が、緊張《きんちょう》をもたらした。

ビンズが一歩踏み出すと同時に、侍女が駆《か》け出した。

「逃げられると思うな！」

侍女の足にビンズが追いつけぬわけがない。

ビンズは剣《けん》の柄《つか》で侍女の足下《あしもと》を払《はら》う。

侍女がズザッと倒《たお》れた。

「お見逃《みのが》しを！」

そこでやっと巡回《じゅんかい》兵が気づき、侍女を取り囲んだ。

「どこの者か言わぬか！」

「……あ、あの」

女は唇《くちびる》の端《はし》を噛《か》む。

ビンズは巡回兵に目配せした。

迎賓館が開いてから、これで八人目だ。

どこの国も、次期王妃との繋がりをいち早く持ちたいため、接触《せっしょく》を試みるのである。

『内密にご相談が……』と次期王妃を取り込む策略である。

もしくは、妃選び中に敵対した過去があるなら、今のうちに和睦《わぼく》を願いたいと接触する者もいる。

「特別室へ」

自国民なら地下牢《ろう》に入れるのだが、ダナンが招いた他国の者とあってはそう簡単に檻《おり》に入れることはできないのだ。

特別室とは、貴族らを閉じ込めるための牢屋である。もちろん、牢屋には見えない設《しつら》えになっている。

「口を割るまで解放はしない。もしくは主《あるじ》から名乗りがあるまではな」

迎賓館と執務殿の客間に『これこれこういう姿をした者が迷子になって保護している』と通達を出すのだ。

そう通達を出すと、主が『荘厳《そうごん》な王城に迷ったようでご迷惑をおかけしました』と回収してくれる。

「全く、夜会まで待てばいいものを」

ビンズは連行される女の背を見ながら言った。

フェリアはパンを頬張《ほおば》りながら、門扉《もんぴ》から入ってくるビンズを見る。

外のティーテーブルでお茶を嗜《たしな》むのは、31番邸では通常運転だ。いや、お茶でなく昼食と言った方が正しいだろうか。

「美味しいわ」

もちろん、セナーダの姫もパンを食《は》んでいる。

「そうですわね」

キュリーもうさぎのパンを手にしながら言った。

ビンズがたじろいでいる。

「ビンズ、急ぎの用事かしら？」

フェリアは、呑気《のんき》に問うた。

ビンズが言《い》い淀《よど》む。馬車の件を確認《かくにん》しに来たのだ。

婚姻式が建国祭まで引き延ばされ、まだ数カ月あるため急いで馬車のことは確認しなくてもいいだろうと、ビンズは言葉を呑《の》み込んだ。

のどかな雰囲気《ふんいき》に訊く内容ではないし、いくら味方とはいえ、次期王妃の弱点を他国の者の耳に入れることはしたくはない。

「いえ、ご機嫌伺《きげんうかが》いです。何かありませんか？」

さっきの女のことを思い出し、ビンズが問う。

「何かあったかしら？　いつもと違ってパンを皆で食べていることぐらいね。もしかして、また？」

フェリアはここ数日の他国からの攻勢《こうせい》に辟易《へきえき》していた。

たくさんの贈り物と面会を望む文が届くのだ。お披露目前だからと全て返却《へんきゃく》している。

普通なら受け取るのかもしれないが、フェリアはその姿勢を貫《つらぬ》いている。

セナーダ国やターナ国にも同じ扱《あつか》いをしている。

「また、通達を出しますので」

ビンズがキュリーに視線を移した。

キュリーが頷く。

「ターナではありませんことを宣言しておきます」

キュリーには、先ほどのビンズの言いようで事の次第《しだい》がわかったのだろう。

もう七回も通達が届いたのだ。どういう状況なのかわからないキュリーではない。

「今回は危険が迫っているわけでなく、ゴマすりが迫っているだけですから、あまり神経を尖らせずに」

キュリーがフェリアに向けて言った。

「ええ、そうね。荒事《あらごと》のようなことはないと信じたいわ」

「ですが、夜会では十分に気をつけてくださいまし」

そこで、フェリアとキュリーの会話にセナーダの姫が参入してくる。

「フェリア様、セオにエスコートをお願いしたいのですわ！」

その言葉に、お側騎士のセオが目を見開いた。

「騎士は夜会に参加できませんが……」

申し訳なさそうにセオが呟く。

夜会場で、マクロンやフェリアの背後に近衛がずっと張りつくことはない。そんな物々しい夜会など物騒《ぶっそう》である。

通常は壁に沿うように立ち、視線で怪しげな行動をする者に注意を払うのだ。危険を察知して、素早《すばや》く動く。もちろん、全く警護がつかないことはない。

マクロンには近衛隊長が、フェリアにはゾッドが正装で背後を守る。

二人以外は壁の花ならぬ、壁の柱となるのだ。

「だからですわ！　えっと」

セナーダの姫が鼻息荒《あら》く発するが、言いたいことが上手《うま》く言葉にできずそこで詰まった。

「つまり、エスコートで騎士が夜会に参加すれば、フェリア様の傍《そば》で守れるということね？」

キュリーが助け船を出す。

「そうなの！　だから、私はセオがいいわ」

セナーダの姫が椅子《いす》からピョンと降り、セオの手を摑《つか》んだ。

セオが慌てて、膝を折っている。

「あのぉ……」

セオの視線が、ビンズやフェリア、ゾッドにお伺いを立てるように動く。どう答えたらいいのかわからないからだ。

「セオ、姫のエスコートをお願いするわ。マクロン様にも伝えましょう」

セナーダの姫の顔がパァッと華やぐ。どこかで見た顔だと思ったが、当たり前にアルカディウスの笑顔《えがお》に似ているのだ。

「じゃあ、私が文を出します！　私だって、一国の姫ですから」

皆が微笑ましく、セナーダの姫の背伸《せの》びを見守っている。

「セオ、早く申し込みなさい」

フェリアはニコニコしながら言った。

「姫様、私に夜会のエスコートを」

膝をついたままのセオが、すぐに姫に申し込む。

「ええ、よろしくってよ」

おしゃまなセナーダの姫である。

フェリアは満足げに頷いて、ビンズに向き直った。

「ビンズ、元妃たちにも通達を」

ビンズがフェリアの意図に気づき、頭を下げた。

「ええ、その判断はいいわ。それなら近くで守れるわね」

キュリーも頷く。

セナーダの姫の提案をそのまま取り入れるのだ。

『近衛騎士のエスコートを希望する元妃並びに令嬢たちは、すぐに申し出よ』

元妃や参加令嬢らが鼻息荒くなったのは言うまでもない。

# 3 夜会

「そうか……」

マクロンは報告書に目を通し、大きく息を吐《は》いた。

視線は岩山に向く。

「母上にも嬉《うれ》しい報告をしたかったのだが」

マクロンは、報告書を机の上に置いた。

表紙には『亡国ミタンニ縁者《えんじゃ》の消息』と記されている。

報告したペレの横に、神妙《しんみょう》な顔つきのダルシュが控《ひか》えている。

「もう、縁《えん》のある者はダルシュだけか」

マクロンはダルシュへと視線を動かした。

「そのようですな。『ミタンニの証《あかし》』を所持する者はダルシュだけでしょう」

だが、マクロンの言葉に反応したのはペレであった。

『ミタンニの証』とは、ダルシュの指にある指輪のことだ。かつてのミタンニ王が国の忠臣十名に授《さず》けた指輪である。

この指輪の紋章《もんしょう》とフェリアが所持する前王妃《おうひ》の形見である銀のブローチの紋章は、同じミタンニの紋章なのだ。

ダルシュが指輪を見つめている。

「彼《か》の地はまだ荒《あ》れているのか？」

マクロンは、母の母国の現状を問う。

前王妃の母国ミタンニは、先王の妃《きさき》選びの最中に亡国となった。マクロンに母の後《うし》ろ盾《だて》がなかったのはそういう理由がある。

そして、なぜ前王妃が狙《ねら》われたのかの理由にも。もしミタンニ国が健在なら、前王妃の死は大きく扱《あつか》われ国家間の問題に発展していたとしてもおかしくはない。

しかし、妃に選ばれなかった者の刃《やいば》から守るべき盾《たて》が、前王妃にはなかったのだ。なんの力も持たぬ妃は軽《かろ》んじられていたから狙われた。

「荒廃《こうはい》国のままです」

ミタンニ国はダナン国から遠く離《はな》れた北の地にある。先々代の頃《ころ》、銀細工の取引でダナンとは国交があった。

ミタンニは職人国家だったと言っても過言ではない。

加えて、小さな都市国家であったため、いつも周辺国に脅《おびや》かされていた。小国ゆえ、商業が発展し潤《うるお》っていたミタンニが狙われるのは致《いた》し方なかった。

豊かな国は狙われやすい。まさにダナン建国の祖が思っていたことだ。

ミタンニは発展と共に標的になったのだ。

異民族がミタンニの地で物資略奪《りゃくだつ》を始め、さらに職人攫《さら》いが横行しミタンニはほんの数カ月で崩壊《ほうかい》した。

亡国となったミタンニは、今もなお復興していない。

何度か、復興の兆《きざ》しはあったがそれもすぐに立ち消えになっているのだ。一度、崩壊した国が簡単に起き上がれはしない。

マクロンは、ペレに生き残った縁者はいないのかと探《さぐ》らせたが、すでに長い年月が流れており、消息は摑《つか》めなかった。

「王様、実は……」

ダルシュが言《い》い淀《よど》む。

「なんだ？」

マクロンは『ミタンニの証』をまだ見つめるダルシュに穏《おだ》やかな声で促《うなが》す。

「アルファルド行きを再度命じていただけたらと」

「……理由は？」

ダルシュの突然《とつぜん》の申し出に、マクロンはペレと目配せした。

「アルファルドでミタンニの痕跡《こんせき》を見つけたのです。報告が遅《おく》れ申し訳ありません」

ダルシュが頭を下げる。

「痕跡とは？」

「銀細工です。ミタンニの職人しかあの技巧《ぎこう》はできません」

ダルシュがここでやっと顔を上げた。

「もし、ミタンニの者なら、ここダナンに保護を願います」

ミタンニ崩壊で、多くの民《たみ》が各国に散った。未《いま》だに、ミタンニの民は流浪《るろう》しているかもしれない。

ミタンニとアルファルドの位置関係は、遠からず近からずの距離《きょり》だ。ミタンニから移り住んだ可能性はある。

「それ以外にも、ミタンニ職人の製品とおぼしき物をアルファルドでいくつか目にしたのです」

「そうか……」

マクロンは顎《あご》を擦《さす》りながら考える。

「アルファルド行きの理由が必要になるな」

マクロンはペレを見た。

ペレはマクロンの視線の意味を瞬時《しゅんじ》に察する。

「これ以上、アルファルドにズカズカと足を踏《ふ》み入《い》れたら、流石《さすが》に国家間の問題になりましょう。第一妃の立場に影響《えいきょう》が及《およ》ぶかもしれませんし、機会を窺《うかが》う必要がありますな」

アルファルドのカロディア入領を断ったばかりだ。

同じような要望をアルファルドに打診《だしん》はできないだろう。こちらが要望するなら、その要望に値《あたい》する手土産《てみやげ》が必要になる。

今回、アルファルドが最高級の『秘花』を提供したように。

「……はっ」

ダルシュが力なく答える。

「そう肩《かた》を落とすな、ダルシュ。アルファルドに行く理由なら、『秘花』の品種改良が成功すれば大手を振《ふ》って行けるではないか」

気落ちし大きな体を小さく丸めるダルシュの肩をポンと叩《たた》く。

「なるほど！」

ダルシュが勢いよく答えた。『秘花』の品種改良は順調に進んでおり、成功に近い結果が得られている。だが、もう少し効果を確認《かくにん》しなければいけない。

ダルシュなら、きっと成功させることだろう。ミタンニの者は職人気質だ。ダルシュは騎士《きし》であったが土壌《どじょう》改良の職人と言っても過言ではない。

『ノア』も『タロ芋《いも》』も『クコ』もこの王城の土壌のおかげで育成速度が早い。

「お前は現金な奴《やつ》だな」

今にも飛び出していきそうなダルシュの様子に、マクロンは呆《あき》れる。すでにダルシュの心は温室に、いや郊外《こうがい》の森深くにある『秘花』畑に向かっているようだ。

「話を戻《もど》しましょう」

ペレも呆れ気味にダルシュを見ながら口を開く。

「今回の妃選びも前王妃様の時と同じようなことが起こりかけましたな」

「ああ、9番目の元妃のことか」

「はい。リカッロ殿《どの》のおかげで紫斑《しはん》病は終息し、持ちこたえたようです」

「確かに、母上の時と同じ状況《じょうきょう》だったな。もし、亡国となればダナンが引き受けただろう。放り出すこともできまいし」

マクロンはそう言いながら、フェリアを思《おも》い浮《う》かべていた。

帰る地を失った姫《ひめ》を、妃として迎《むか》える。その選択《せんたく》をフェリアならどう思うか。

マクロンは、首を横に振る。

「今なら、妃としない受け入れ方をするだろう」

「フェリア様には、その機転がおありでしょう。貴人や公爵令嬢《こうしゃくれいじょう》、侯爵《こうしゃく》令嬢に畑仕事を命じるお方ですから」

ペレがフォフォフォと笑った。

マクロンもハハハと笑う。

「先王様は、ミタンニが亡国となろうがなるまいが、前王妃様をお迎えしておりましたでしょう。二人は本当にお似合いでしたから」

ペレが懐《なつ》かしそうに言った。

ダルシュも在りし日の前王妃を思い浮かべていたのだろう。優《やさ》しい顔つきを見せていた。

妃選び最終日。

王城は夜会に向けて慌《あわ》ただしい。

「あ、兄上」

「ん？　なんだ、ジルハン」

ジルハンがきらびやかな衣装《いしょう》にたじろいでいる。

エミリオはもう慣れたのか、うんざりしながらもすでに袖《そで》を通していた。

「ジル、諦《あきら》めろ。これぞ王子様という衣装しか身につけられないのが、夜会というものらしい」

エミリオが達観した物言いをする。

「そうだぞ。セナーダの貴公子を見習え」

マクロンはそう言いながら、衣装をジルハンの肩にかけた。

セナーダの貴公子であるアルカディウスは、いつだって赤を主体に金銀散りばめたキラキラした出《い》で立《た》ちである。それがアルカディウスの色なのだ。

エミリオとジルハンの色は緑である。同じ色合いと形だが胸元《むなもと》の刺繍《ししゅう》を違《たが》えてある。

「エミリオ、お前は急げ。イザベラが待っているぞ」

ゲーテ公爵家にイザベラを迎えに行かなくてはいけないからだ。

エミリオとジルハンを無防備に夜会に出すわけにはいかない。

元妃らや令嬢らが虎視眈々《こしたんたん》と近づいてくるはずだから。安易に近づけないように、パートナーが必要になる。

「お前たちを待たせるが、我慢《がまん》してくれ」

先にマクロンとフェリアが婚姻《こんいん》しなければ、エミリオとイザベラは次に進めない。

「兄上の我慢に比べれば、私などやっと我慢を始めたばかりですし大丈夫《だいじょうぶ》です！」

エミリオはイザベラへの親愛を、やっと恋心《こいごころ》だと自覚したばかりである。復籍《ふくせき》からゆっくりイザベラへの想《おも》いを育ててきたのだ。

「兄上、ジル、また後で」

上手《うま》く言い返せないマクロンを置いて、エミリオが退室しようと扉《とびら》に向かった。

「温室の花でも持っていけ。ダルシュには言ってある」

マクロンはそう言って見送った。そして、まだ着替《きが》え中のジルハンを見る。

「ジルハンは、貴人がついていれば問題ないな。まあ、令嬢には十分に気をつけるように。決して一人になるなよ」

一人でいるところを狙って、『ジルハン様に迫《せま》られました』などと騒《さわ》ぎ立てられれば、責任を負うことになるからだ。

「ガロン殿の近くにいるようにします」

フェリアのお披露目《ひろめ》の夜会なので、親族であるガロンが今回は参加することになっていた。本来は長兄《ちょうけい》であるリカッロの予定だったが、心臓の弱いジルハンに配慮《はいりょ》しての交代である。

「ガロンも今頃《いまごろ》準備中だろう」

いつもは苦手な夜会だが、マクロンはフェリアに会える夜会を心待ちにしていた。

『早く、会いたいものだ』

この日を迎えられた喜びに、マクロンは浸《ひた》っていた。

そのガロンだが、現在31番邸《てい》でボサボサの髪《かみ》を梳《と》かされている。

「イテテテ」

ケイトがガロンの髪に櫛《くし》を入れている。

「これは、強敵だわ。エマ、椿油《つばきあぶら》を」

侍女《じじょ》が何人もガロンの準備についている。

フェリアは、笑いを堪《こら》えながらガロンの様子を眺《なが》めていた。

「いつもの髪じゃ駄目《だめ》なのかぁ？」

「当たり前です！　王様の御前《おんまえ》に出るのですから」

ケイトが椿油を受け取り、ガロンの頭に撫《な》でつけながら言った。

「いつも、この髪で会っているけどなぁ」

「他国の方や貴族が総出するのです。内々に会うのとはわけが違いますから」

元より、次期王妃の兄としての立場で参加する夜会になる。ガロンには、マクロンから正装が送られていた。

王城の文官の正装だ。マクロンが、爵位《しゃくい》のないガロンに文官の役を授けたのだ。リカッロにも同じように役を授け、正装を送っている。

『薬事官』という新しい役が医官下に創設されたのだ。リカッロもガロンも現在そこに在《ざい》籍《せき》している。

今後、来城の際には文官の正装を身につけることになる。

「ガロン兄さん、ジルハンと一緒《いっしょ》にいてね。今回の夜会は、私のお披露目よりエミリオとジルハン狙いで動く者が多いだろうから」

「ああ、了解《りょうかい》だぁ」

ガロンは着慣れない堅苦《かたくる》しい正装に、若干《じゃっかん》息苦しそうだ。

「フェリア様、夜会の準備が整いました」

ゾッドがフェリアに声をかけた。

フェリアは窓から王城を眺める。

どんな夜会になるのだろうかと、胸をワクワクさせながら王塔《とう》へ向かうのだった。


大広間はすでに熱気に溢《あふ》れていた。

ダナンでは、久しぶりの大々的夜会である。マクロンの治政下では、あまり夜会は開催《かいさい》されていなかったので、参加者の意気込みを肌《はだ》で感じる。

今回の夜会への期待度は大きい。

キュリーや7番目の元妃も指摘《してき》したように、次期王妃フェリアのお披露目だけに留まらない目的があるからだ。

ラッパが鳴《な》り響《ひび》く。

王の登場の合図だ。皆《みな》がいっせいに玉座に向いた。

同時に玉座前が近衛《このえ》騎士らによって空けられる。

マクロンは玉座の前に立った。

マクロンの目配せを受け、ビンズが口を開く。

「ご入場ください」

近衛の先導で、出席する妃が番号順に入場してきた。

マクロンの目に、最後に入ってきたフェリアが映る。

艶《あで》やかな衣装に、頬《ほお》が綻《ほころ》びそうになるが堪《こら》えた。

「王様、お言葉を」

ビンズがマクロンに声をかける。

マクロンは軽く手を上げて応えた。そして、一度大広間を見回してから妃らに視線を向ける。

「フェリア」

マクロンの言葉に、ざわめきが起こる。王としての言葉なしに、妃を名指ししたからだ。

マクロンは再度大広間を見回し、フンッと笑ってみせた。

「他になんの言葉が要《い》る？　妃をお披露目する夜会に、我が望む名を呼ぶ以外必要な言葉などあるのか？　我が長々と御託《ごたく》を並べるのを聞きたいなら、そうするが……コホン」

マクロンは苦笑《くしょう》しながら咳払《せきばら》いする。そして、口を開きかけたところで、元妃たちがいっせいに膝《ひざ》を折った。

ただ一人、フェリアだけがスッと背筋を伸《の》ばし立っている。

「私たちも聞きたいのは、ダナン国次期王妃の御名のみにございます」

キュリーが声を響かせる。

御託はいらないのだ。ある意味一年以上もこの妃選びに縛《しば》られているのだから。

元妃らは、この瞬間《しゅんかん》を待っていた。

「どうぞ、御名を」

元妃らは、キュリーと同じように言葉にした。その表情は清々《すがすが》しいものである。自身の名が呼ばれずとも、胸を張れる瞬間なのだから。

妃選びに関係した全ての者も同じ気持ちだろう。

「我は一人しか望まん！　次期王妃を31番目の妃フェリアとすることを、ここに宣言する！」

「お祝い申し上げます」

キュリーがすかさず口を開いた。

マクロンは頷《うなず》いて応える。

「フェリア」

マクロンはスッと手を伸ばした。

フェリアが一歩踏み出すと、マクロンへの道が開く。元妃らが花道を作ったのだ。

フェリアの手がマクロンに重なった。

「次期王妃フェリア様にございます！」

ビンズが声を張り上げた。

マクロンはフェリアと微笑《ほほえ》み合う。

「この夜会の終わりをもって、妃選びは終了《しゅうりょう》とする。皆、楽しまれよ」

マクロンがフェリアと共に玉座に座ると、大広間の機運が一気に高まった。

夜会は幕を上げたのだ。


次期王妃が決定したことは序盤《じょばん》に過ぎない。ここからが本番だ。

フェリアは姿勢を崩《くず》さない。

『なるほど』

フェリアは内心感服していた。

なんの打ち合わせもしていないであろう者らが、足並み揃《そろ》えて同じ態度なのだ。

玉座に座ったマクロンとフェリアに、元妃らが整列し挨拶《あいさつ》した後、他の参列者が進み出て挨拶をしにくるのだが、見事にフェリアだけ無視されている。

「……御前失礼致します」

マクロンに挨拶した使者が、フェリアをチラッと一瞥《いちべつ》し下がる。微《かす》かに笑んだだけで、なんの言葉も紡《つむ》がずに下がるのだ。

フェリアが度量を見せるまで、祝いの言葉はかけぬとあしらっているのだ。

これが、次期王妃への洗礼なのだろう。

マクロンもそれに気づかないわけがない。

大国の妃を選んでいたなら参列者の対応も変わっていたことだろう。

参列者にとって、フェリアは未知数だ。頭を下げるに値する妃かどうか推《お》し量《はか》っているに違いない。

主だった国の使者の挨拶がある程度終わり、マクロンが楽団に目配せする。

楽団が演目を変え、ダンスの曲を奏《かな》で始めた。

曲の変わり目が、夜会を新たな局面に進める。それが暗黙《あんもく》のルールであり、参列者がいっせいにフロアの中央を空けた。

「フェリア、行こう」

王と次期王妃のダンスが始まらなければ、舞踏《ぶとう》会は開始されないのだ。

「ええ」

フェリアはマクロンにエスコートされながら、フロアに立った。

ダンスが始まるとどよめきが起こる。

仲睦《むつ》まじく寄《よ》り添《そ》い合うダンスでなく、テンポの速い音楽で息の乱れもなく踊《おど》る二人の姿はある意味規格外だ。

ダナン内では、すでに二人のダンスは有名であったが、他国の者には強烈《きょうれつ》な印象を与《あた》えただろう。

だが、使者たちはそれにも何か口出しするのを忘れない。

『いやあ、流石は新たなダナンの次期王妃様でいらっしゃる。あのように軽やか且《か》つ力強い生命力は、今後のダナンの繁栄《はんえい》に繋《つな》がって参りましょう』

『そうですなあ。野に咲《さ》く花のように生命力溢れるお妃様ですな』

『まさに、その通り。地に根付いておられ、きっと我々では遠く及びませんな』

『そうそう、我らが挨拶できるのはか弱き花だけ。ハッハッハ』

『母なる大地に我らは視線を落とせませんからな。クックック』

とまあ、賛美しながら貶《けな》す。

フェリアの耳には、もちろん届いている。

マクロンがニヤッと笑った。

「どうするのだ？」

その声はやけに響く。

「何がです？」

フェリアも負けずに声を通した。

ダンスをしているにもかかわらず、二人は周囲に聞こえるように会話をも楽しむ。

「か弱き者たちを」

マクロンの視線が口うるさい者に向いた。

瞬間、言葉が止まる。フェリアがどのように答えるのか、聞き耳を立てている。

「そうですわね。か弱い者は、膝を崩し這《は》いつくばり涙《なみだ》を垂れ流すでしょうから、そこでやっと大地は手を差し伸べるのかもしれませんわね。強くなってもらいたいですから、最後の最後まで情けはかけないでしょう」

目を見開き固まる者らに、フェリアはフフフと笑いかける。

「それで、最後の情けでどうなるのだ？」

「大地の肥料になるだけですわ。そして、根付く花を支えるのです」

「なるほど、取り込まれるのだな」

マクロンがそこで、鋭《するど》い視線を投げた。

口を滑《すべ》らせた者らは、ヒクヒクと頬を引きつらせ愛想笑《あいそわら》いをしながら、頭を下げて退散する。

態勢を立て直し、再度挨拶に来ることだろう。そして、強大な頂を実感できたなどと、これまたそれらしい物言いで親交を願うのだ。

キュリーの言う通り、そうやって顔を覚えてもらう外交も有効なのだろう。

さっきの洗礼を無視し、呑《の》み込むのも手だが屈《くっ》した印象を与えかねない。どう対処するのか、その加減が難しいのだ。その采配《さいはい》を参列者も見ているのだから。

惨《みじ》めにもならず、憤怒《ふんぬ》もしない。ただ、その上を悠々《ゆうゆう》と超《こ》えていく器《うつわ》が二人には求められる。

次期王妃としてのお披露目なら、及第点《きゅうだい》といったところか。

マクロンが満足げに頷いた。

「最後は抱《だ》きついてくれないか？」

ダンスの終わりが近づいている。

「そのまま横抱きしていただけるなら」

フェリアはそう言って、マクロンに抱きついた。

ワァッと歓声《かんせい》が起こる。

もちろん、はしたないと目配せする者もいたが、マクロンは気にもとめず玉座へとフェリアを運んだ。

鮮烈《せんれつ》なダンスの後、再度挨拶合戦が始まる。

今度はフェリアにも声がかかった。だが、先ほどのあれはやはりまだ序の口だったようだ。

「母なる大地への親愛を」

使者がフェリアの前で膝をつき敬意を表した。

フェリアが言葉を挟《はさ》む隙《すき》を与えず、使者が続ける。

「地はどこまでも繋がり、大地になり、その恩恵《おんけい》を我々は授かっております。だからこその母なる大地。無償《むしょう》の恩恵をか弱き我らに授けるからこそ母なのでしょう」

使者がゆっくりと顔を上げた。

穏やかな笑《え》みの中に鋭さがある。

先ほどの会話から、フェリアを母なる大地の如《ごと》き次期王妃だと認めながら、その恩恵を暗に欲《ほっ》したのだ。策略的会話である。

周囲がまたも固唾《かたず》を呑んで見ている。

マクロンが肘《ひじ》掛《か》けに肘をのせて、フェリアと使者の会話を聞き始める。

「まどろっこしいわ」

今度は、フェリアが口を挟もうとする使者に隙を与えない。

「次期王妃と認めていただき感謝しますわ。それと大地の恵《めぐ》みがタダで欲《ほ》しいのよね？」

使者が呆気《あっけ》に取《と》られている。

直球の会話など、貴族には免疫《めんえき》がないからだ。

「マクロン様、この回りくどい外交やら取引にどれほどの心労を重ね、時間を奪《うば》われていたのかと、心中お察し致します」

マクロンがクッと笑いを堪え咳払いする。

「ハッキリと言いますわね。書面一枚で済むことに、無駄《むだ》な時間をかければかけるほど、要望が叶《かな》うことが遅《おそ》くなるのです。こんなやり取りなんてせず、『タロ芋の種芋《たねいも》と一角魔《ま》獣《じゅう》の干し肉の取引の申し入れ』という詳細《しょうさい》な要望書と親書を送るだけで、役人が順当に処理していくのです。直《じか》に申し出て、他を出し抜こうなどとすればするほど遅れを取りますのよ？」

使者のみならず、参加者までもが驚《おどろ》いている。

フェリアの発言が本当なのかと、皆の視線がマクロンに移った。

「ああ、その通り」

マクロンがサラリと答えた。

ほらねと言わんばかりに、フェリアは続ける。

「まどろっこしいのです。親交親書のやり取り、謁見希望《えっけん》、腹の探り合いのような面会、取引成立から書面の作成……そんな手間をかけるのだから。その成果を得ることがあなたの最たる役割なのでしょうが」

フェリアは首を小さく横に振る。

「我が最初にタロ芋の取引をした国は、この夜会に参加もしていなければ、国交もなく、謁見もない。ただ、詳細な要望内容と一緒に緊急性《きんきゅう》が示されていた」

マクロンの言葉に、夜会の参加者がざわめく。

「な、なぜ、そのような得にならぬ取引を⁉」

使者が思わず、率直《そっちょく》な言葉を紡ぐ。

「我が国なら、相応の対価をご用意しております！」

「どんな得な取引になるの？　さっきは無償の恩恵を欲したのに」

フェリアは扇子《せんす》をあえて開き、笑みを隠《かく》す。

見る者によっては、『何をいただけるのかしら？』と窺っているように感じるだろう。

それによって、取引内容が変わると思わせるような。

「祝いの品を準備致しました。どうぞお納めください」

使者の配下がきらびやかな宝石箱を掲《かか》げた。

「次期王妃様に召《め》していただきたく」

パカッと箱が開く。

箱以上にきらめく宝石が入っていた。

「次期王妃様の強き美しさをよりいっそう輝《かがや》かせるでしょう」

まさに、これが今までの外交なのだろう。そして、先んじてこれをフェリアに届けたかったに違いない。有利な取引を申し出るために。

ビンズからの報告では、フェリアへの接触《せっしょく》を試みた者は十数名にも及んでいると聞く。

「その石に頼《たよ》らないと私は輝けないと？」

フェリアはスッと立ち上がって宝石箱まで進む。

パタンと蓋《ふた》を閉め、ソッと押し返した。

使者が一瞬《いっしゅん》苦い顔になるが、すぐに表情を戻した。

「申し訳ありません。こちらには運べる程度の物を示したまで。他にも準備しておりますので」

使者は、フェリアが祝いの品に不満だと思ったようだ。

「いいえ、何一つ必要ありませんわ。必要なのは、どこの国が、何をどれだけ希望するか。その必要量の資料を申請《しんせい》いただけます？」

フェリアの言葉に周囲が困惑《こんわく》する。

マクロンがコホンと咳払いして、続けた。

「加えて、ダナンに何を寄与《きよ》するかだ」

「ですから！」

使者がマクロンに向かって叫《さけ》ぶが、マクロンの鋭い視線にハッとして深く頭を下げた。

「申し訳ありません。この場に高揚《こうよう》し失態を」

「気にしない。我の意向を伝えよう」

今度はマクロンが立ち上がって、フェリアと並んだ。

「次期王妃の言った通りだ。要望は書面で十分である。おべっかも祝い品も要らぬ。申請書面を確認し、面会の必要があれば顔を合わせよう。だが、書面だけで通ればいち早く取引が終わるのだ。我や次期王妃と顔を合わせても、なんら手心は加わらん」

ざわめきが大きくなる。

そこかしこで、疑心暗鬼《ぎしんあんき》になって探っているかのようだ。

「セナーダは、すでに次年度のタロ芋と一角魔獣の干し肉の要望書を提出致しました」

そこで、アルカディウスが声を上げる。

ダナンは、建国祭を年の始まりとしている。国家間の取引はそれを基準に行うのだ。

今年度は、紫斑病での緊急性から短期の取引を国家間で結んでいる。無償提供した国もあるほどだ。

「ああ、書面を確認した。要望を受け入れよう」

「ありがたき幸せ」

胸に手を当て、アルカディウスが膝を軽く折った。

「ならば、我が国もすぐに申請致します！」

慌てたように使者が声を張り上げた。

「準備はできておりますの？」

フェリアはクスッと笑う。

「祝い品を潤沢《じゅんたく》にご用意」

フェリアは使者の発言を止めるように、扇子をバシッと閉じた。

「だから、必要ありません。宝石はダナンになんの寄与もしないわ。こちらの要望は、ダナンへの寄与なのです。私、贈《おく》り物《もの》は唯一無二《ゆいいつむに》の方からしか受け取らないと決めておりますの」

フェリアはマクロンを見る。そして、続けた。

「唯一愛する方からしか受け取らないと」

「ああ、その通り」

「な、ならば、どのような……」

使者の問いは、他の者も思っていることだ。皆が顔を見合わせながら頷いている。

「それを考えるのが、お前たちの役割になるのではないのか？　どうして、我が手取り足取り教えねばならぬ？」

「で、ですが」

困ったような声が漏《も》れた。

「セナーダは駿馬《しゅんめ》をダナンに寄与しました。ダナンの運搬網《うんぱんもう》への寄与になります」

セナーダは馬の生産国なのだ。

「ということだ。申請は今すぐでも構わんぞ」

マクロンが肩を竦《すく》めた。簡単に答えをさらすなと、アルカディウスに目配せする。

アルカディウスがポリポリと頭を掻《か》きながら会釈《えしゃく》した。

セナーダが見本を示したからか、取引を願う参列者が動き出す。

「こういうやり取りをずっとしていらしたのですね」

フェリアはマクロンの手にソッと触《ふ》れた。

二人が玉座に戻ると、さっきまで連なっていた挨拶の列がまばらになる。

残っているのは、別の目的があるからだろう。

「次期王妃様、ご挨拶申し上げます」

何やら、一癖《ひとくせ》も二癖《くせ》もありそうな胡散臭《うさんくさ》い笑みを浮かべた者が、玉座に戻ったフェリアに挨拶した。

　あえて、マクロンでなくフェリアに向かったのには理由があるのだろう。

「我が国の姫君《ひめぎみ》をカロディアに寄与したく」

　なるほど、獲物《えもの》は他にもあった。カロディアと縁続きになる方法も手である。

「カロディアの入領条件を知っているのか？」

　マクロンが声を挟む。

「輿入《こしい》れ品だけでなく、カロディアへの潤沢な投資も我が国王は準備しております」

　贈り物だけでなく、カロディアの開発費用も持つと言っているのだ。

「無理だな」

　マクロンが一言だけ返す。

　先ほどの使者とは違い、そこで焦《あせ》ることはしない。

「どのような条件も呑みましょう」

「いえ、無理よ」

　フェリアはクスッと笑った。

「カロディア入領の条件は魔獣への一撃《いちげき》になるの。配下では駄目。一国のお姫様が魔獣を目の前にすることができまして？」

　流石に使者の目が見開いた。

「そ、そんな条件、誰《だれ》も呑まないでしょう？」

「いいえ、例外なくカロディアでは『一撃入領』が条件なの。魔獣と共存する辺境領で生きていくためには絶対条件ですから」

使者が『ムムッ』と口ごもる。姫にそのような条件を呑ませるわけにはいかないのだろう。

「で、では……カロディアでなく王都暮らしの妻では？　カロディアを内妻、王都の外妻と申しましょうか」

使者がなんとか立て直してきた。

「それは我を愚弄《ぐろう》しているのか？」

マクロンが使者の立て直しを一瞬で崩す。

王がたった一人を所望《しょもう》している状況なのだ。そのお披露目の夜会でもある。王が所望する以上の妻を外戚《がいせき》に差し出すなど、顔を潰《つぶ》す提案になるのだ。

「も、申し訳ありません！」

顔色が悪くなった使者に、フェリアはお茶を勧《すす》める。

「薬草茶をどうぞ」

背後に控えていたバネッサが、お茶を淹《い》れて使者に差し出した。

使者がおずおずとお茶を受け取る。

フェリアもバネッサからお茶を受け取り、一口飲んだ。

「薬草茶を入れる木箱をご準備できまして？」

その使者の国は、材木が特産の国である。だからこそ、カロディアに建設物資を潤沢に準備できるのだ。

「カロディアの薬草茶を望む国に、商品として出荷《しゅっか》したいらしいの」

使者の顔が晴れる。そして、嬉しそうにお茶に口をつけた。

「しかと、ダナンへの寄与を承《うけたまわ》ります」

使者が深々と頭を下げた。

「ガロン兄さんと話し合ってくださるかしら？　ほら、あそこの髪がテカテカしている者よ」

フェリアは扇子でガロンを指した。

ソフィアとジルハン、ガロンで連なっている。ソフィアのガードが固く、令嬢らはけんもほろろに跳《は》ね返《かえ》されているようだ。

「申請を出しておけ」

マクロンが軽く告げる。

「ありがたき幸せ」

弛緩《しかん》した使者の背中を見送った。

「いいぞ、その調子で頼《たの》む」

マクロンがフェリアを労《いたわ》った。

この夜会の準備は入念にしている。

ペレから、参列国の情報を頭に叩き込まれていた。

「お役に立てて光栄ですわ」

フェリアはフフッと笑った。


さて、頭をテカテカにさせられたガロンはソフィアと一緒にジルハンのお守り中である。

そこに、エミリオとイザベラが合流した。

「ジル、どう?」

エミリオがジルハンを気遣《きづか》った。

「なかなか、このようなきらびやかな場は……」

「苦手だよな。私も同じ。慣れていないから」

二人は並んで話し始めた。今までの生活を思い出しての会話だろう。

「……よぉ、似ておること」

ソフィアが呟《つぶや》いた。

その声をガロンが拾う。

「もっと似ることになるさぁ。確かに心の臓は弱い。だけど弱いなら強くすればいいだけ。隠れることのない生活になったんだから、少しずつ体を鍛練《たんれん》していけばさぁ」

ソフィアの瞳《ひとみ》が少し潤《うる》んだ。

「箱入り息子《むすこ》は、箱から出さなきゃ」

「なんぇ、説教かぇ？」

「いや、子離《こばな》れの薬はないからさ」

ソフィアがプイッと横を向いた。隠れるように瞳を拭《ぬぐ》う。

「貴人様ぁぁ」

そんなソフィアに甘ったるい声をかけるのは、ミミリーである。

「なんぇ、ミミリー。暑苦しいぇ」

ミミリーがソフィアの腕《うで》に絡《から》みついている。

「もう、義母様《かあさま》ったらつれないわ。可愛《かわい》い嫁御《よめご》に照れないでくださいまし」

その発言が周囲の注目を浴びる。

「私を捜《さが》しに、後宮に出向いてくださいました頃が懐かしいですわね！」

「何を……」

ソフィアにしては珍《めずら》しく、ミミリーに出し抜かれている。

先ほどのガロンとの会話で毒気を抜かれていたからだろう。

「今日はジルハン様をご紹介《しょうかい》していただけるお約束でしたわね！」

溌剌《はつらつ》とミミリーが発した。

周囲の令嬢から冷ややかで苦々しい視線を浴びるも、ミミリーはフフンと鼻高々だ。

「貴人様、ご挨拶が遅れました」

そこでブッチーニ侯爵がやってくる。

「これ、ミミリー。いくら貴人様とご一緒に次期王妃様をお支えしているからといって、そのように馴《な》れ馴れしくしては迷惑《めいわく》だろ？　一番慣れなければならぬ相手は、婚約者《こんやくしゃ》のジルハン様になろう」

ソフィアが『グヌヌ』と声を詰《つ》まらせた。

流石、狡猾《こうかつ》なブッチーニ侯爵である。上手くジルハンの婚約者だとミミリーを宣伝したのだ。それも次期王妃を支えていると加えて。

「こんばんは」

ジルハンがミミリーとブッチーニ侯爵に挨拶した。

あのような発言を耳にすれば、ジルハンのミミリーへの印象は良くなる。

ジルハンはある意味純粋培養《じゅんすいばいよう》された王子なのだ。人の言葉が狡猾であることに気づかない。外の世界に出たばかりのひな鳥なのだから。

「ジルハンさまぁん、私、ブッチーニ侯爵が娘《むすめ》ミミリーですわぁん」

「ジルハンです。母と一緒に畑仕事を？」

周囲の令嬢が『畑仕事ですって』とこれ見よがしにプッと噴《ふ》き出す。

ヒソヒソ、クスクスと広がっていった。

ミミリーはキュッと口を強く噤《つぐ》み、堪えている。昔のミミリーならきっと噴火《ふんか》していたに違いない。しかし、フェリアと過ごすことで堪えることを学んだ。

そこへ清楚《せいそ》なドレスが近づく。

「……胸を張りなさい。ミミリー」

サブリナがミミリーの横に立った。

耐《た》え忍《しの》び、俯《うつむ》き気味のミミリーだったが、サブリナの登場で顔を上げた。

「『畑仕事』を笑うなど、フィーお姉様を愚弄することよ」

サブリナがあえて、フェリアとの親密さを示すためお姉様呼びをした。

サブリナの意図に気づき、ミミリーが胸を張った。

「ええ、そうね！　ジルハン様のお体に必要な薬草を育てるお仕事だもの。リア姉様が事業とした『畑仕事』を笑うなんて……ダナンを救ったリア姉様の事業を笑うなんて！」

ミミリーとサブリナは頷き合った。

これで周囲の令嬢たちと立場が逆転する。言葉とは本当に武器なのだ。

ブッチーニ侯爵が満足げに頬を緩《ゆる》ませた。ミミリーの成長に嬉しさが込《こ》み上《あ》げたのだろう。

「ジルハン様、まだまだ未熟な娘ですがきっとお役に立てましょう。もちろん、王様や貴人様の許可なく婚姻を結ぼうなど思ってもいません。……ミミリーを当て馬にしていただいてもよろしいのです。まだまだ社交界には慣れていないでしょうから、どうぞ侯爵家に寄りかかりください」

周囲の毒になる令嬢を牽制《けんせい》するために、ミミリーを仮の婚約者として立ててくれて構わないとブッチーニ侯爵が提案したのだ。策略を巡《めぐ》らす他の貴族から、ブッチーニ侯爵家が盾になると。

いくら純粋培養された王子といっても、この意図に気づかないほど愚《おろ》かではない。

「ありがとうございます」

ジルハンがお礼を言った。

ソフィアも目礼で返す。

そして、ブッチーニ侯爵が玉座を一瞥した。

ソフィアがブッチーニ侯爵に頷く。

「ほんに、気がつく御仁《ごじん》ぇ。ずっと、やられっぱなしじゃ」

「ええ、私もミミリーもです。知らぬうちに取り込まれております。支えるしかありませんから」

「そうよ。私たちは仲良しだもの！」

ミミリーもわかってこの場に立っているのだ。以前のミミリーからしたら、本当に大きな成長である。

「後々、うざったいから切ったってすればいいのだわ」

ミミリーがポツリと溢《こぼ》した。

先ほどの甘えた声は、わざとしたのだろう。

「いえ、可愛らしく思います」

ジルハンがフワッと笑った。

ミミリーが顔を赤らめる。ギュッとドレスを握《にぎ》り、珍しくサブリナに助けを求めている。

「今さら、何を恥《は》ずかしがっているのです？　私には、『さまぁん』の方がよっぽど破廉《はれん》恥《ち》でしてよ」

そこで、やはりというべきか、ミミリーとサブリナはやり合うのだ。

皆がやれやれと言わんばかりの呆れた表情で、二人を見る中、ジルハンがガロンの方を向く。

「ガロン殿、儚《はかな》い夢物語だと思っていましたが、こんなに素晴《すば》らしい現実があるのですね」

それは、ジルハンがベルボルト領でガロンと別れる際に言った言葉だ。

「だろ？」

ガロンは嬉しそうに笑った。


さて、夜会も終盤《しゅうばん》に入った頃、慌ただしく騎士がマクロンの背後に赴《おもむ》いた。

「なんだ？」

普段《ふだん》なら、周囲に知られぬように動く騎士が、それさえ度外視してマクロンに向かった状況である。

チラチラと参列者の視線が動いている。

『関所から伝令。セナーダにて政変の模様。使者がもうすぐ到着《とうちゃく》致します』

マクロンは無表情のまま、視線で同じことをフェリアにも伝えよと促す。

騎士がフェリアに同じ内容を伝える。

フェリアも、マクロン同様表情を崩さなかった。

マクロンは、小さな仕草でフェリアに命じる。事はすぐに公《おおやけ》になろう。だが、何より先にアルカディウスに知らせねばならないのだ。

フェリアが目礼で返した。

扇子で右足を三回軽く叩く。それはフェリアのお側騎士《そば》集合の合図である。

お側騎士はサブリナとミミリーをエスコートし、夜会場にいるからだ。フェリアの合図に気づきすぐに動き出す。

背後のゾッドが、セナーダの姫とダンスしているセオに目配せした。これで、全員が揃うだろう。

「あい、わかった」

フェリアが動いている中、マクロンは周囲の視線を自身に向かせるように声を張る。

フェリアに合図があるように、マクロンにも合図はある。

その合図に気づき、ゲーテ公爵がマクロンに挨拶しに来た。

ダナンでは、自国の筆頭貴族が挨拶を始めると夜会の終わりを意味するのだ。その役は、いつもゲーテ公爵が担《にな》っている。

「何やら、おありですかな？」

「ああ、媚薬《びやく》騒ぎだ。我の寝室《しんしつ》にな」

ゲーテ公爵が『なんと！』と声を張り上げる。

「流石、王様です。王様の魅力《みりょく》に取り憑《つ》かれた者の仕業なのでしょう」

「その気持ちはわからなくもないわ」

フェリアも、先ほどの騎士の慌てようを補足するように発言した。

参列者が、目配せしている。そんなことをするのは、どこの者かと。なんとか、一時は稼《かせ》いだことだろう。

嘘《うそ》も方便だ。

その間に、お側騎士が周囲に自然と集まった。

マクロンは、フェリアにアルカディウスへの伝達を任せる。

『セオ、姫を31番邸に。守り切りなさい』

何かがあっただろうことは、命令からしてわかるはずだ。セナーダに何かあったと。セオが軽く会釈して姫を連れてはけた。

次に、アルカディウスとキュリーを連れてくるように、お側騎士に命じる。

マクロンは横目でフェリアの行動を確認しながら、周囲の視線を自身に集めている。

フェリアがスッと立ち上がった。

アルカディウスとキュリーが近づいてきたからだ。

「お似合いですわ」

フェリアがキュリーに目配せする。それに合わせて、扇子が開いた。

周囲に聞こえないように伝えるようだ。『セナーダ政変』その一言が伝わればいい。

キュリーが逆に表情を変えて対応した。お似合い発言への照れを隠すような表情に。一瞬、マクロンに目配せするのも忘れない。聞いたと伝えたのだ。

「お二人以上にお似合いはおりません。私は、優男《やさおとこ》に捕《つか》まった可哀想《かわいそう》な姫ですから」

「おいおい、酷《ひど》いな」

アルカディウスが少しふて腐《くさ》れたように言った。

「姫は先ほどお戻りになりましたわ。夜会の食事はやはり口に合わないのでしょう。甘いパンをご所望のようで」

フェリアがアルカディウスに朗《ほが》らかに言った。

「そうですか。あの子は、次期王妃様のパンが好きですから」

「私も好きですわ」

キュリーが上手く合わせていく。

「では、ご一緒したら？　夜会はもう終わりよ」

フェリアは二人に退室を促した。

これで、キュリーがセナーダ政変をアルカディウスに知らせられるだろう。

「では、お言葉に甘えて」

アルカディウスが何か察したようで、キュリーの腰《こし》に手を回した。

フェリアが穏やかに笑んで見送っている。

なんとかセナーダ関連の参列者を夜会場から逃《のが》れさせた。

そろそろ、使者が到着することだろう。

マクロンとフェリアは視線を交《か》わした。

そのタイミングで、鎧《よろい》で武装したセナーダの騎士が、ビンズに先導されて夜会場に入ってくる。

参列者が慌ただしくなる。

「セナーダの緊急の使者です」

ビンズが伝える。

「何事か⁉」

マクロンは夜会場に不躾《ぶしつけ》な格好で現れたセナーダの騎士に叱責《しっせき》を含《ふく》んだ声で訊《き》いた。

セナーダの騎士が膝をつく。

「第一王子、王への反逆。譲位《じょうい》を迫り、王を軟禁《なんきん》し玉座に。第二王子によって第一王子の引きずり下ろしに成功。王の体調悪化により、第二王子が職務を代行し反逆の全容を調査中。……第一王子と第三王子が共謀《きょうぼう》した疑いが浮上《ふじょう》したため、第三王子の身柄《みがら》の引《ひ》き渡《わた》しを願いたく！」

マクロンは眉《まゆ》をひそめた。

「待て、拙速《せっそく》すぎるぞ」

マクロンは使者を疑わしげに見つめる。

「な、なんなりとお訊《たず》ね」

「では、確認だ」

マクロンは使者の言葉を遮《さえぎ》った。

「セナーダ王は無事なのだな？」

「はっ！　第二王子の手により、第一王子から王も玉座も奪還《だっかん》し、反逆の芽は摘《つ》み取りました」

「では、セナーダ王の親書を」

いくら政変で少々心労がたたっても、王が周辺国に政変の対処や説明に手を回さずにはいられまい。

むしろすぐに政変が収まったのなら、このように公にせず内々に済ますべきなのだがと、マクロンは思う。

何より、この使者は親書の提出なく政変を口にした。

それに続き、アルカディウスを引き渡せと口にしている。

セナーダ王がそう判断したのなら、マクロンにアルカディウスを引き留めることはできない。

「し、親書はございません」

「なんだと⁉　では、お前は誰の指示で知らせにきたのだ？」

「第二王子が職務を代行しております！」

マクロンの心に疑念が生じる。

第一王子が反逆し、王に譲位を迫ったというのは第二王子側の証言しかない。

それに対処し、制圧したのも第二王子であり、それを伝えたのも第二王子の配下の者ということだ。

セナーダ王が無事ならば、いくら職務を第二王子に代行させていようが、セナーダ王の使者が来るはずだ。

セナーダ国の重鎮《じゅうちん》の使者ならともかく、一介《いっかい》の騎士が使者だというのもおかしな話である。騎士や兵士が使者になるのは、戦時中だけだ。

第二王子は、重鎮を動かせていない？　セナーダ王が第二王子に親書を託《たく》していないのはなぜか？　マクロンの疑念の芽がどんどん育っていく。

何より、他国で外交中のアルカディウスがどう政変に関わったというのか。

「では、さらに訊こう。アルカディウス王子は現在ダナン滞在《たいざい》中である。どう政変に関わったというのだ？」

「姫を人質《ひとじち》にしております。第一王子は譲位をしなければ、姫の命がないと王に迫ったのです。姫の後見人は第三王子であり、姫を手元に置いておりますから、いつでも命を奪えましょう」

それも、第二王子側の言い分でしかない。セナーダ王の親書がないのだから。

第三者の声がいっさいない報告に、マクロンの疑念は深まる。その答えを探ろうと脳内が動き出す。

マクロンはアルカディウスの言葉を思い出した。各王子に課せられた役割を。

第二王子は軍務。要するに兵権を手中に収めているのだ。

それこそ、第一王子より第二王子を政変の主導者とした方が話は早い。つまり、謀反《むほん》を企《くわだ》てたのは、第一王子でなく第二王子だということだ。

第二王子が軍務を行使し、第一王子から政務を奪う。そして、第三王子のアルカディウス共々退かせるために、共謀したことにする。

父であるセナーダ王には自分に譲位するよう説得すれば成功だ。

そんな筋書きが脳内に浮かんできた。

セナーダ王の親書はない。つまり、セナーダ王はこの政変に対処できない状況にあると推察できる。マクロンの読みが正しいなら、譲位を拒否《きょひ》したに違いない。

マクロンの背中に嫌《いや》な汗《あせ》がつたった。真実がどうであれ、セナーダ王と第一王子の命を第二王子は握っている状況かもしれないのだから。

そして、アルカディウスさえも握ろうとしているのではないか。

この使者の、いや第二王子の知らせを安易に信じるわけにはいかない。

マクロンが思案していると、使者が痺《しび》れを切らして口を開く。

「ダナンにご迷惑はかけません！　どうか、第三王子を引き渡していただきたく」

マクロンは夜会場を見回していた。この状況で、他国がどう動くのか。いや、周囲はマクロンの動向を注視していた。

第二王子を認めるかどうかで、この政変は色を変えていくだろう。大国が認めぬ政変の行く末は、劣悪《れつあく》になるのだから。王として認められねば、国としても認められない。疎《うと》んじられ、煙《けむ》たがられ、外交なく……亡国もあり得る。残された道は、武力をもって圧力をかけ周辺国に認めさせる手しかない。

マクロンは、今迫られている。

この政変にどんな裏があったとしても、第二王子を認めた方が、ダナンは平安を保てるだろう。

認めなければ、第二王子が玉座を牛耳《ぎゅうじ》っている間、セナーダと対立することになるのだから緊迫《きんぱく》した状況になるに違いない。

マクロンは前のめりになっている使者を一瞥する。

第二王子が拙速に事を進めようとしていることは、この使者の言動からしても明らかだ。ならば、この使者が口にした第二王子の要望を正当な理由で引き延ばすしかないだろう。そこに活路が開けるかもしれない。

この政変にはまだ何かあるのだ。

「我が一方の声だけ聞く安直な耳を持っていると?」

マクロンは、立ち上がる。

「我が支持するはセナーダ王ただ一人。その王を奪還したと言うなら、セナーダ王直々の親書を持参せよ。それしか信用はせぬ」

「はい、もちろんです! ですが、王は体調を崩し伏《ふ》せっており、その状況下で第一王子が反旗を翻《ひるがえ》したのです。第二王子が現在玉座を守っており、急を要するため第三王子を引き渡していただきたく!」

相手も、マクロンが口にすることは予測がついていたのだろう。さらに、この政変が順当なものであると周囲に示している。

「何度も言わせるな! 我はセナーダ王の親書でしか動かん。セナーダ王を快復させてみせろ。それが正当性の証明になろう。セナーダ王を玉座に戻さねば、結果玉座を奪ったのは第二王子となる」

マクロンの発言は、セナーダ王を案じているのだ。この政変に体調が悪化し、死を迎えたなどの展開は目に見えてわかることだ。マクロンの背につたった嫌な汗の理由でもある。

それだけ、この政変は第二王子の手の上にある危険な状況とも言える。

第二王子の拙速さが、王の命を脅かす可能性もある。第一王子はすでに厳しい状況かもしれない。

そして、アルカディウスの立場も逼迫《ひっぱく》している。

「親書は必ずお持ち致します！　ですから、ダナンが共謀の疑いのかかっている第三王子を匿《かくま》うなどしないと、明確にお示し願えませんか？　できないのであれば、どうか引き渡しください」

マクロンは『やはりな』と思いフッと笑った。

「第三王子の引き渡しばかり口にしておるな。姫の安否は問わぬのか？」

本当にアルカディウスが第一王子と共謀しているなら、まずは姫の所在を確認するはずだ。それも、姫の命を案じ内密に動くのが正解なはずだ。

このような公の場で、政変を大々的に表明するやり方はやはりいただけない。裏で動き、静かに事を収めるのが本当のやり方なのだ。

「も、もちろん、姫もお渡しいただきたく」

今さら遅い発言である。だいたい『お渡し』を口にするということは、姫が安全だと公言したようなもの。アルカディウスが人質になどしていない証拠《しょうこ》だ。

そこに気づけば、最初から使者の言葉はおかしいものだった。アルカディウスを捕《と》らえるのでなく、引き渡しを要望しているのだから。

マクロンの読みは当たっているのだろう。

マクロンは顎に手を当て考え込む姿勢を取った。

そうやって時間稼ぎをすれば、この使者が口を滑らせるかもしれないと。

重苦しい時間が流れる。

「……願わくば、キュリー姫にもご面会の許可を」

痺れを切らしてか、使者が別の目的を口にした。

「なぜだ？」

「第三王子との婚約はなかったことに、そして第二王子との婚約を申し入れしたく」

こうなると、意図することはわかってくる。

セナーダは責任を負う体で、キュリーを望むのだろう。第二王子はダナンだけでなく、ターナにもこの対応をもってして黙認《もくにん》させようとしているのだ。

ダナンに加え、ターナにも使者が向かっていることだろう。

もしかしたら、この政変はターナの姫を娶《めと》るアルカディウスを恐《おそ》れた背景も含まれるのかもしれない。

強力な後ろ盾をアルカディウスは得る寸前だったのだから。その後ろ盾が、ダナンとも親しいとくれば、第二王子はアルカディウスに玉座への野心があるのではと勘《かん》ぐった可能性もある。ならば、自分もと。先んじてしまえばいいと。

平安を維持《いじ》するかに思えた婚姻が裏返ったのは、第二王子に野心があったからだろう。

平安はたった一人の欲で簡単に覆《くつがえ》されるのだ。

「この夜会がどんなものか知った上での発言か！」

マクロンはあえて怒声《どせい》を発した。

「夜会が終わるまでは妃選び中である！　セナーダの姫もキュリー姫も、ダナンの妃に名を連ねている状況に、貴国は口出ししてくるのだな？」

この夜会が平穏《へいおん》に終わらねば、妃選びは終わったことにならないのだ。だからこそ、アルカディウスとキュリーの婚約は、この夜会後になっていたのだ。

そして、第二王子にとっては今しか機会はなかったのだろう。まるで、悪魔《あくま》が第二王子の耳元で野望を囁《ささや》いたかのように。

「我はセナーダの姫とキュリー姫を保護する。ダナンの妃選びは、妃や妃の国が危機に陥《おちい》った時、必ず手を差し伸べてきた」

そこで、9番目の元妃が前に進み出た。

「私の国も紫斑病の蔓延《まんえん》から救っていただきました。また、避難《ひなん》地としてこの王城に保護されましたわ」

それは周知の事実である。

それだけではない。マクロンは、元妃らに後宮で過ごす猶予《ゆうよ》を与えている。

他の元妃も同様に前に進み出て、使者に圧をかけた。

「我が母も、亡国となった母国からこのダナンの王妃となった」

それは最大級に、使者の口を噤ませた。

ミタンニが崩壊した時、マクロンの母である前王妃は、このダナンに妃選びで滞在していたのも周知の事実である。

「再度言おう。我が認めるのはセナーダ王のみ！」

「わ、かり、ました。では、第三王子の引き渡しは希望しません。面会を希望致します！」

キュリーとの面会は拒否できても、アルカディウスとの面会はどんな理由を連ねても断るのは難しい。

ここまで、意向を全て突《っ》っぱねたのだ。このままで帰国はできないだろう。何も得ない使者の行く末は、用なしとなるのだから。

マクロンはこの使者に持たせる手土産を考えざるを得ない。

「失礼」

そこでアルカディウスが軽やかに夜会場に戻ってきた。

「私に会いたいって？」

アルカディウスが使者に笑いかける。

キュリーからセナーダ政変を聞き、夜会場に戻ってきていたのだろう。きっと、使者の話を耳にしていたはずだ。そうでなければ、顔を出すはずはない。キュリーの名を出されでは、アルカディウスにしてみれば矢面《やおもて》に立つ以外選択肢はないだろう。

「共謀の疑いがかかっております。どうか、帰国し弁明を！」

ものは言い様だ。帰国したら、弁明どころでなく牢獄《ろうごく》行き間違《まちが》いなしである。

「帰国なさらねば、共謀の疑いは共謀の罪と証明することになりましょう！」

完全な謀《はかりごと》に、アルカディウスは嵌《は》まってしまったのだ。姫の人質如何《いかん》でなく、政変時に現場にいなかったことが仇《あだ》となった。

第二王子からすれば、アルカディウスにどんな罪も被《かぶ》せることができるのだ。

「何度も言わせるな！　我はセナーダ王の直々の親書しか認めん。セナーダ王が第三王子の帰国を望まねば引き渡しはせん。手順を踏まれよ」

「で、すが……このまま帰るわけには……」

使者の視線が周囲を見回す。そして、そこに止まった。

マクロンの嫌な予感は当たるだろう。

「ダナンがセナーダの王子を留まらせるなら、こちらも王子を望みます！」

使者が捉《とら》えていた人物は、エミリオとジルハンだったのだ。

「その発言に後悔《こうかい》はしないのだな？」

マクロンは強烈な圧をかける。

「セナーダは、ダナンに何をふっかけたのか、理解しているのだな？」

王子の交換《こうかん》を申し出たのだ。さらに緊迫した状況へと、セナーダの政変は向かっていくことを。

これが平時ならともかく、政変時の申し出がどんな意味を持つか。

王子の交換を申し出る。強国が従属国に行うことを、セナーダはダナンに対して口にしたことになる。

復籍したばかりのダナンの大事な王子との交換になる。脅迫《きょうはく》にも取れるだろう。

ダナン、セナーダ、ターナは肩を並べる大国なのだ。

そんな無礼をダナンの貴族らの前で行った。厳しい視線が使者に向けられる。

周囲の侮蔑《ぶべつ》の視線に、使者が気づく。

「あっ、の……」

「わかっているよ」

アルカディウスが使者の肩をポンポンと叩いた。

「交渉《こうしょう》が上手くいかねば、そう言えと命じられてきたのだろ？」

第二王子の指示なのだろう。

「ダナン、ターナへの口出しをいっさいしないと文書の確約をいただこうかな。それまで、この者を保護していただけませんか？」

アルカディウスがマクロンに伺《うかが》う。

それは、ダナンから使者を出し、文書の確約をもってしてアルカディウスを引き渡すことを意味する。

キュリーに手出しするな、ダナンの王子を望むなとアルカディウスは要望したのだ。それを受け入れれば嵌まってやると。セナーダの内紛《ないふん》で留まらせる。アルカディウスは、火の粉を撒《ま》き散《ち》らさぬよう決めたのだ。

「それが答えか？」

マクロンはアルカディウスに問う。

第二王子の策に嵌まるということは、命を捧《ささ》げることにも等しい。そして、キュリーとのことも……終わる。

「ええ、せめて『愛する者』は救いたいから」

アルカディウスのキュリーへの想いなのだろう。

そこで、マクロンはアルカディウスと握手《あくしゅ》するしかなかった。

固く扇子の持ち手を握る。フェリアはアルカディウスの提案を許容しない。マクロンが握手をしているのは、本心ではないだろう。この場を収めるための手だてでしかないと考えている。

この話の通りに事が動くなら、ダナンの使者がセナーダから確約文書を貰《もら》ってくるまでが本当の時間稼ぎになろう。

交渉も踏まえて二週間から三週間程度しかないに違いない。

背後のゾッドから声がかかる。

「フェリア様」

「滞在中の元妃らが、早急《さっきゅう》な帰国を望みご挨拶したいとのこと。また、他の参列国も同様のようです」

セナーダ政変から遠ざかるため、ダナン出国を急ぐのだろう。ダナンとターナは、現状セナーダ政変の渦中《かちゅう》に巻き込まれたのだから。

「わかったわ。15番邸で挨拶を受けましょう」

いくら急ぎ帰国したいといっても、次期王妃に挨拶なしとはいかない。ダナンに取引の申請書を出す国は特に挨拶を蔑《ないがし》ろにはできないだろう。

ゾッドがマクロンにも状況を伝えた。

マクロンが頷き、フェリアに手を差し出した。

フェリアはその手に手を添えて立ち上がる。

「夜会を解散……延期とします！」

この夜会は終わりにはできない。妃選びを終わりにはできないのだ。セナーダの姫とキユリーを保護するために。

ビンズが言ったと同時に、扉に殺到する者たち。皆、対応に向かうのだ。セナーダと関係が深い国は、この政変にどう向き合うべきか議論になることだろう。

そんな中、ゲーテ公爵とブッチーニ侯爵だけが残っていた。

二人は頷き合って、フェリアの前で膝をつく。

「サブリナをお預け致します！」

「ミミリーをお預け致します！」

この状況で、娘をフェリアの元に預けると宣言するのは勇気のいることだろう。単に預けるのではないことは十分に理解しているはずだ。

それでも、フェリアは言葉にせずにはいられなかった。

「……それはどのように扱おうと構わぬと？」

「いかようにも！」

一寸《いっすん》の間もなく、ゲーテ公爵が発する。

サブリナもミミリーも同じく膝をついた。

「一度の密命で満足しませんわ」

サブリナの言い様に、フェリアは思わず笑む。

「ええ、私だって同じですわ」

サブリナとミミリーがニヤリと笑み合った。

フェリアもそれに加わる。

これから何を行うのか、もう気づいているのだろう。

ダナンはセナーダの意向に沿わない。

それは、アルカディウスを助けたいからではない。

ダナンの威厳《いげん》に関わるからだ。あのような夜会の場で、王子の交換まで口にして思い通りに事を進めようとする第二王子の横暴さに、ダナンは屈することをよしとしない。

マクロンのみでなく、ダナンの貴族らの心に火をつけたのだ。

その筆頭たるゲーテ公爵とブッチーニ侯爵が居残ったのはそういう理由になろう。

セナーダの横暴に腸《はらわた》が煮《に》えくりかえったのは間違いない。

「そうね。やってやろうじゃないの！」

フェリアは拳《こぶし》を突き上げた。

「コラッ」

マクロンがその拳を握り下ろした。

「いつになったら、淑女《しゅくじょ》教育が終わるのやら」

いつの間にか、ペレも控えていた。

「全く、お前たちは……ダナンの忠臣であるな」

マクロンの言葉に、皆の力強い視線が重なったのだった。

# 4 夜会後

フェリアは帰国の挨拶《あいさつ》を受ける。

「このような形でお別れすることのご無礼をお許しくださいませ」

「いいえ、気になさらないで。次回を楽しみにしているわ」

フェリアの表情に険しさはない。動揺《どうよう》を見せぬフェリアに、元妃《きさき》らは力強く頷《うなず》いていた。

「ええ、次回を信じておりますわ！」

7番目の元妃の声が響《ひび》き渡《わた》った。


挨拶を終えると、フェリアは31番邸《てい》に向かう。

後宮に残る元妃は、セナーダの姫《ひめ》とターナの姫であるキュリーだけだ。

「本当は王妃塔《おうひとう》のはずだったのだけど」

妃選びが終了《しゅうりょう》したら、選ばれた妃はそれぞれの住まいに移るのが慣例だった。王妃はもちろん王妃塔になる。

「今夜は寝《ね》られそうにないわね。すぐに動かなきゃ遅《おく》れを取るわ。セナーダの政変がどう動くかまだわからないもの」

フェリアはゾッドに向けて言った。

「はい。すでにペレ様が動いていると」

「そうね。……足りるかしら？」

今まで三人体制でペレは活動してきたのだ。二人では負荷《ふか》がかかることだろう。色んな思いを胸に歩みは止めない。

もう少しで31番邸に辿《たど》り着《つ》くところで、婆《ばあ》やが立っていた。

「婆や、どうしたの？」

「今宵《こよい》は婆《ばば》の仕事はないようで、ここに行けとシッシッとされてしまいました」

婆やのリボンをチラッと見る。どうやら、別の言伝《ことづて》もあるようだ。フェリアは婆やの横に並んだ。

リボンを確認《かくにん》する。

『キュリー姫を外通路に』

フェリアは頷いてみせた。

「子守《こも》りは得意ですよ」

婆やは、セナーダの姫の側役《そばやく》に、マクロンから派遣《はけん》されてきたのだ。

「婆や、それは失礼よ。セナーダの姫様は齢《よわい》八つ。噛《か》み砕《くだ》けば、事の次第《しだい》は理解できてよ。お願いできるかしら？」

「ええ、構いません。婆ぐらいしか適当な者は居《お》りませんでしょうから」

門扉《もんぴ》を潜《くぐ》る。二人の姫は互《たが》いに手を取り合い、フェリアの到着《とうちゃく》を待っていた。

「フェリア様」

キュリーが膝《ひざ》を折ると、セナーダの姫も倣《なら》って膝を折った。

「どうか……どうか……アルカディウス様をお助けください」

「お願いします！」

二人の姫はもう事情を理解しているようだ。

アルカディウスが夜会に戻《もど》ったように、キュリーも侍女《じじょ》を遣《つか》わせていたのだ。二人の姫の後ろで侍女が頭を下げた。

そして、キュリーは当事者になってしまったセナーダの姫にもわかるように伝えていた。

「お恥《は》ずかしいですが、覚悟《かくご》はしておりましたのに、私は……私は、苦しいのです。ターナのことを一番に考えれば、アルカディウス様を見捨てなければいけないのでしょう。それが、ターナ国の姫として生まれた宿命ですのに。きっと一年前の私なら、なんの躊躇《ちゅうちょ》もなくアルカディウス様と切れたでしょうが……苦しいのです」

「私も！　アルお兄様が助かるならなんだってするわ！　だって、アルお兄様は悪くないもん！」

ビエーンとセナーダの姫が泣き出した。

セナーダの侍女が慌《あわ》てて姫を気遣《きづか》うが、不慣れなのかオタオタするばかりだ。セナーダ姫付きのいつもの侍女ではないからだろう。

見かねた婆やが姫をなだめる。優《やさ》しく抱《だ》き締《し》め、背をトントンとあやす。しばらくすると、そのまま眠《ねむ》りについた。

「では、婆にお任せを」

フェリアはセオに目配せする。

「一時も離《はな》れず、お守り致《いた》します」

セナーダの姫と婆や、セオが邸内《ていない》に入った。

フェリアはキュリーに向き直り、退室後の夜会の展開を正確に話す。

徐々《じょじょ》に、キュリーの顔色が悪くなる。侍女から聞いた以上に、状況《じょうきょう》は切迫《せっぱく》しているからだ。

「ご自分一人で背負う覚悟なのですね」

アルカディウスが口にした確約のことだ。

第二王子の筋書き通りに帰国する代わりに、キュリーとダナンの王子に手出しするなと確約を取ろうとしている。

「私とて王族に生まれた者。私が第二王子に嫁《とつ》ぐことを確約する代わりに、その他の犠牲《ぎせい》を出さないことを求めるわ」

キュリーが唇《くちびる》を噛み締めながら言い放った。

王家に生まれた者の宿命なのだ。

覚悟をすることもギリギリの選択《せんたく》をすることも。

アルカディウスもキュリーもその覚悟をしたのだろう。

だが、フェリアはそれをよしとしない。

「互いに自身を犠牲にしても、何も解決などしないわ！　妃教育の返礼がまだでしたわね。今度は私が戦いの方法をお教えしますわ」

フェリアは、キュリーに腕《うで》を絡《から》ませた。

「第二王子の好きにさせてなるものですか！　目にもの見せてあげるわ。このダナンに牙《きば》を剝《む》いたのですから。ダナンの貴族をも敵に回したら、どんな結果になるか……フフフ」

キュリーの苦しさを和《やわ》らげるように、フェリアは言い放つ。

「……流石《さすが》は、ダナンの次期王妃様ですわ」

キュリーがやっと笑《え》みを浮《う》かべた。

「王塔と王妃塔の外通路に向かいますわ」

フェリアはキュリーを外通路へと促《うなが》したのだった。

「ご迷惑《めいわく》をおかけすることになりました」

アルカディウスが深く項垂《うなだ》れる。

マクロンは夜空を見上げた。

「こういう時は、上を向いていた方がいい」

二人は外通路で話している。

「上手《うま》くいっていたのに……なぜこのようなことになってしまったのか？」

王が床《とこ》に伏《ふ》せっても、三人の王子が三者三様の役割を全うし、セナーダは動いていたのだ。

「アルカディウス王子は一度も玉座に心が揺《ゆ》らいだことはないと？」

マクロンは月を見ながら問うた。

アルカディウスから返答はない。

「野心を抑《おさ》えるため、麗《うるわ》しき高貴な女たらしを演じていたのでは？　外交と称《しょう》し、出歩いていたのは欲にまみれぬための自衛、違《ちが》うか？」

まだ、アルカディウスからの返答はない。

「四年前、いや五年前か。我が王になったばかりの頃《ころ》、セナーダ王より自国も新たな世代に向かう準備をしていると文が来た。次世代もどうかよしなにとな。それぞれの王子が職責を全うすればセナーダは安泰《あんたい》だった。だが、次代の王は一人しかなれない。順当に第一王子が王位を継承《けいしょう》すると決まっていたはずだ」

だからこそ、第二王子もアルカディウスも自身に課された職務を全うしてきた。

「セナーダ王という支柱がぐらついて、抑制《よくせい》が利かなくなったのか？」

マクロンは呟《つぶや》くように言った。

「玉座を夢に見なかったかと問われれば、確かに否定できませんね。だからこそ、次兄《じけい》の気持ちがわからないわけではありません。なぜこうなったか……わからないわけない。しかし、気持ちはわかるが私なら絶対に行動に移さない！」

アルカディウスが強く言い切った。

「アルカディウス王子の抑制はセナーダを想《おも》ってのこと。第二王子の抑制は……セナーダ王の存在が大きかったのだろう。同じ抑制でも意味合いは違ってくる。自身に楔《くさび》を打つか、他者の楔があるか」

マクロンが言い終わると、アルカディウスがやっと空を見上げた。

「もし、私が野心をさらけ出すなら、民《たみ》が犠牲になっている時だけ。それしか、私が旗揚《はたあ》げする理由にはならないからです」

アルカディウスが自身の太ももを拳《こぶし》で叩《たた》く。

「ですから、今私が旗揚げすることはできません。民の犠牲の規模を考えると、私が次兄の筋書きに嵌《は》まった方が民の犠牲は少ないのだから。大事な方々が犠牲にならないよう、私の命で次兄と交渉《こうしょう》ください」

夜空を見上げるアルカディウスの瞳《ひとみ》が潤《うる》み光っている。

「ですから、キュリーと妹を……ダナンに、ダナンの妃に」

「断る」

マクロンはアルカディウスの発言を遮《さえぎ》るように即答《そくとう》した。

アルカディウスの気持ちは理解できる。自身が信頼《しんらい》できる者に、愛する者らを託《たく》したいのだ。

「それは、次期王妃様のために？」

「我らが、このまま引き下がると？　我が忠臣らは今頃《いまごろ》策を準備中だぞ。我より、フェリアがアルカディウス王子の提案を許容していないのだ」

アルカディウスが『迷惑はかけられない』と首を振《ふ》る。

「何を言うか？　迷惑でなく……さらなる取り込みだ。各国の根がしっかり絡み合ってこそ、大地は豊かになるのではないのか？」

マクロンは後宮を眺《なが》める。

「我が妃は、最高の人たらしだろ？」

「そう、ですね。最初の夜会とは大違いです。貴族らが認めているのが肌《はだ》でわかります」

つまり、貴族らはマクロンとフェリアの意向に沿うのだ。二人が望まぬなら、同じく望まない。

ダナンは、今足並みを揃《そろ》え進み出しているのだから。

「第一王子はまんまと策に嵌まり、第二王子は身のほどをわきまえぬ。第三王子は煮《に》えきらない。セナーダ王はまだ踏《ふ》ん張《ば》っていよう。それが王位を継《つ》いだ者の矜持《きょうじ》だからだ。親書がないのがその証拠《しょうこ》。アルカディウス王子、セナーダ王は一縷《いちる》の望みを捨ててはいないのだ。諦《あきら》めるな……覚悟を決めろ」

マクロンはそう言って、その場を離れた。

向かう先に、キュリーを引き連れたフェリアが立っている。

「頼《たの》んだ」

フェリアが頷き、キュリーの背を軽く押した。

キュリーが駆《か》け出《だ》す。

マクロンはフェリアを促し、抱き合う二人から離れたのだった。

エミリオは、イザベラをゲーテ公爵《こうしゃく》家に送り届け、急いで王城に向かっている。

王都では、すでにセナーダの政変が伝わっているようだ。街の灯《あか》りが消えていない。ザワザワとした喧騒《けんそう》が漂《ただよ》っていた。

「エミリオ様」

城門にさしかかる少し手前で、エミリオは声をかけられた。

「お前は……」

背が丸まった男がペコンと頭を下げた。

エミリオは、背後の専属騎士《きし》を手で制する。

専属騎士が顔を見合わせた。

「王都暮らしの時の知り合いなのだ。少しだけ離れていてくれないか?」

わずかに下がった専属騎士を横目に、エミリオは男に頷く。

男が、懐《ふところ》から文を出した。

「これは?」

「ちょっとした提案です。中を確認してもらっても構いません」

男がスッと下がる。

「ちょっと、待てって……」

男はその言葉には従わないようだ。

離れていく男の背中に、『昔からあの者は長居をしないな』とエミリオはため息をついた。

幼い頃過ごしていたゲーテ公爵家に、時おり忍《しの》び込んできたあの男の正体を知ったのは、少し前のことだ。

男は、エミリオもジルハンも陰《かげ》から見守っていた存在である。王城からひっそり姿を消したハンスだ。


マクロンはエミリオを待たずに会議を始めていた。

マクロンとフェリア、ペレにゲーテ公爵とブッチーニ侯爵《こうしゃく》が円卓《えんたく》に座っている。

ビンズは、各国要人の警護を第二騎士隊に指示している。

ジルハンは体に無理をさせないため、会議への参加を見送っている。ソフィアも同様だ。

「ブッチーニ、まずは」

「国道強化ですな。怪《あや》しい者が往来しないように、緊急《きんきゅう》時の警戒《けいかい》態勢を指示済みです。すでに、セナーダの間者らしき者を確認しております。策がおありなら、事前に申しつけくださいませ」

マクロンは少し口角を上げて応えた。流石は国道管理を担《にな》うブッチーニ侯爵である。

「間者の動きは逐一《ちくいち》報告せよ。よし、次だ」

「私の出番でしょう」

今度はゲーテ公爵が声を上げる。

「セナーダへの使者は引き受けますぞ。格の違いを見せつけてきましょう。あのような、下《した》っ端《ぱ》の騎士でダナンが言うことを聞くなど、見くびられたものですな」

どうやら、あの使者の格にゲーテ公爵は憤慨《ふんがい》しているらしい。

「ダナンを愚弄《ぐろう》するにもほどがある。まあ、その程度の者しか第二王子は出せなかったということなら」

「ああ、その通り。セナーダの忠臣らは第二王子についていないことになる」

マクロンは、ゲーテ公爵が言いたいことを口にした。夜会時から思っていたことだ。

「さて、問題はアルカディウス王子とセナーダの姫、キュリー姫の置き所になりましょうか」

ペレが口火を切った。

「まず、アルカディウス王子がセナーダの姫を人質《ひとじち》になどしていないのは明白だが、同じ場に留まらせることはできない。セナーダ第二王子の言い分が当てはまるような状況にはしておけない」

マクロンはそこで皆《みな》を見回す。今の発言に異議はないようだ。

「だからといって、アルカディウス王子を引き受けてくれる国もありませんでしょう」

フェリアの指摘《してき》に、皆の顔が渋《しぶ》くなる。問題はそこなのだ。

「確約文書をどのように収めてくるかで変わってきましょうが、アルカディウス王子をみすみす引き渡すのも癪《しゃく》ですし、何か妙案《みょうあん》があればいいのですが」

ゲーテ公爵が言った。

「それと、キュリー姫もどうするか迷いどころです。帰国していただくのも手ですが、ターナがセナーダ第二王子の提案を受け入れる可能性も考えられます。ターナにしてみれば、王子なら誰《だれ》でも同じでしょう。上手くいけば、セナーダ王妃の座を見込めます。そうなりますとダナンの顔が潰《つぶ》れますし、何よりセナーダとターナが結託《けったく》すれば、両国に挟《はさ》まれているダナンにとっては脅威《きょうい》になります」

ペレがそこまで説明すると地図を広げた。ダナンが中心に描《えが》かれた地図である。

今回の妃選びに召《め》された国に印がつけられている。

「そうですわね。それに、どの国もすでに王城を退いておりますから、今から要望を口には……あら、そういえば」

フェリアがそこでハッと気づく。ある国を指差した。

「アルファルドはまだ客間では？」

三つの使節団のうち、カロディア入領希望の使節団は事前に断りを出したため、ダナンには入国していない。

夜会に出席した使節団はすでに帰国の途《と》についている。

しかし、『ノア』と『ククの丸薬』の取引に訪《おとず》れた使節団はまだ帰国していないのだ。

遠い国のアルファルドは、セナーダの政変にあまり影響《えいきょう》を受けないから、のんびりしているのだろう。

混乱に乗じて、取引を有利に進めたい思惑《おもわく》もきっとあるに違いない。

「考えてみれば、セナーダ王が体調を崩《くず》しているのなら、アルファルドの医術を提供すればいいのでは？」

ゲーテ公爵がニヤリと笑んだ。

「なるほど、アルファルドを出すのも手だな」

マクロンもゲーテ公爵の意図にほくそ笑んだ。

「ええ、有利な取引を呑《の》む代わりに、セナーダ王の診察《しんさつ》を引き受けてもらうのも手ですかな」

マクロンが夜会で宣言したことにも沿う形だ。

セナーダ王の体調を医術国に診《み》てもらう。ダナンがアルファルドに口を利《き》き、そう取り計らうことを提案するのだ。

「よし、ゲーテ頼んだ」

「お任せを」

マクロンはそこでペレを見やる。

ペレが文官に目配せする。文官が、ターナへの親書の準備に入った。

「ターナにはどのような文を出しましょうか？」

キュリー姫を帰国させないことを、ターナが呑む条件を示さなければいけないからだ。

「……そうだな。何か妙案はないか？」

マクロンはフェリアに視線を投げた。

そのタイミングで、エミリオが入室してきた。

「申し訳ありません、遅れました」

「いや、ちゃんと送ってきたのか？」

マクロンはゲーテ公爵に報告しろと視線で促す。

「イザベラ嬢《じょう》を、屋敷《やしき》までしかと送ってきました。また、私の専属騎士を二名置いてきました」

隣国《りんごく》の政変が起こった中、主《あるじ》不在の屋敷では心細いだろうとの配慮《はいりょ》である。

「エミリオ様、お気遣いありがとうございます」

ゲーテ公爵が頭を下げる。

エミリオが少し照れたように頰《ほお》を掻《か》いた。

「座れ、エミリオ」

「あっ、そうだ。こちらを」

マクロンは、エミリオから文を受け取る。

「ちょっとした提案だと言っておりました」

「は？」

マクロンは意味がわからなかったが、エミリオが急《せ》かすので文を確認した。

『嘘《うそ》も方便。ミタンニに追放などどうでしょうか？』

マクロンはクックックと笑った。ハンスの言う通りだ。

「王様？」

ペレが怪訝《けげん》そうに声をかける。

「ダルシュが必要だな」

とんでもない奇策《きさく》をマクロンは脳内に描いていた。

深夜、まだダナンは眠っていない。だが、夜会直後に比べればだいぶ落ち着いたようだ。

フェリアはセナーダの姫が眠る31番邸に引き返していた。

夜会後に15番邸で挨拶を受け、終わると31番邸でキュリーとセナーダの姫に会った。キュリーを外通路に連れていき、王塔で会議に出席した。奇策の準備に取りかかるため、一旦《いったん》解散となる。そこから、ダルシュが不在となった温室を確認し、やっと31番邸に向かっている。

「紫斑《しはん》病の時のようね」

フェリアは首を回しながら言った。寝ずの対処で、体への負担が大きい。

その時、視界の隅《すみ》に違和感《いわかん》を覚え警戒を強めた。

「フェリア様？」

「何か、違う気がするの」

お側《そば》騎士が瞬時《しゅんじ》に周囲を確認する。現在、王妃近衛《このえ》は分隊されたためフェリアの警護はお側騎士だけだ。

王妃近衛の分隊は、アルカディウスとキュリーに六名ずつ、ダルシュに六名、31番邸に二名の配置になっている。

第二王子の目的が、アルカディウスとキュリーにあると判断したためだ。

ビンズの第二騎士隊は各国要人帰路の警護で王城にはいない。政変時の近衛は動かせず、またセナーダとの国境にすぐに向かえるようボルグの第四騎士隊も王城への人員を割《さ》けなかった。第三騎士隊の配備は王城に集中している。

動かせるのは王妃近衛だけだったのだ。

発足《ほっそく》ができていなければ、今頃大変だっただろう。

その分、後宮は手薄《てうす》になっているかもしれない。

後宮に、ましてや次期王妃の31番邸に、セナーダから随行《ずいこう》してきた騎士を入れるわけにもいかず、侍女しか入宮を許可していないのだ。

フェリアは、そこで危機に気づいた。

「セナーダの姫が狙《ねら》われるかも！」

フェリアは駆け出した。

駆けながら、異変の正体に気づく。

「生《い》け垣《がき》が折れているわ」

人が隠《かく》れていた証拠だ。深夜で気づくのが遅れた。

「なぜ、セナーダの姫が狙われるのです？」

ゾッドが並走しながら問う。

「姫が犠牲になれば、セナーダの第二王子はアルカディウス王子の仕業だと声高《こわだか》に言えるからよ！　ダナンの責任とも言及《げんきゅう》できる」

まさに、使者が言葉にした通りに展開すれば、第二王子は大義名分を得られるのだ。だから、夜会でセナーダの姫の話題を出さなかったのだ。どうするか、決まっていたからだろう。最初から、引き渡しなど望まなかったのだ。

フェリアはドレスをたくし上げ、鞭《むち》を取り出す。

門扉が目に入ってくる。王妃近衛の姿は確認できない。

「遅《おそ》かったか⁉」

ゾッドがいち早く駆け込んだ。

邸内は真っ暗だ。灯りをあえて消して、応戦したのだろう。

農機具小屋の近くに、王妃近衛二名と侵入《しんにゅう》者であろう五名が、横たわっている。瀕死《ひんし》に近い。

奥の方で、剣《けん》の重なり合う音がする。

「井戸よ！」

フェリアは鞭を振り上げた。剣の応酬《おうしゅう》で火花が散っている。そこ目がけて、鞭を落とし込む。

三ツ目夜猫魔獣《やびょうまじゅう》の髭《ひげ》の鞭は、力を最大限に発揮すれば、周囲を一発で痺《しび》れさせる威《い》力《りょく》がある。

「嬢、あと五人だ！」

ローラの声が響く。

ヒュルヒュルヒューン
ゾッドが音花火を上げる。王城に緊急事態が伝わるだろう。

足音が入り乱れる。フェリアは神経を研《と》ぎ澄《す》ませて、井戸の方に駆けていった。

ボボボボボ
お側騎士によって邸内に灯《とも》りが灯されていく。

「ベル!!」

井戸の脇《わき》でベルが血まみれで倒《たお》れていた。

ローラも脇腹《わきばら》から出血しながら、たった一人で敵と対峙《たいじ》していた。

そして、見知らぬ女が一人。ベルを庇《かば》うように倒れている。こちらも出血多量だ。

ローラが言ったように残った者は五人。セナーダの侍女二人と……ここに居るはずのないセナーダの騎士三人が目に映る。

その騎士と侍女が、ローラを取り囲むように刃《やいば》を向けていた。

フェリアは迷うことなく、鞭を振るう。

「裏切り者!!」

きっと第二王子の息のかかった騎士と侍女に違いない。本来なら、騎士も侍女もセナーダの姫を守るのが仕事である。

31番邸を守る王妃近衛を相手にしているのは、敵である証拠だ。

フェリアは最初の一振りで侍女二人を搦《から》め捕《と》り、引っ張り上げセナーダの騎士の方に倒す。

痺れていて、騎士は避《さ》けられない。

「後は、任せたわ!」

フェリアは後をお側騎士に任せ、井戸に駆け寄《よ》る。

猶予《ゆうよ》はない。一見で臓器の損傷が激しいものだとわかる。この出血では普通《ふつう》は助からないだろう。

フェリアは、ベルと見知らぬ女の口に『ノア』を含《ふく》ませた。

「ローラ姐《ねえ》さん、もう少し我慢《がまん》できて?」

「もち、ろん、さね。私を、誰……だと思ってるん、だい」

「減らず口はいいから!」

フェリアはドレスを破り、ローラの腹部を強く圧迫《あっぱく》した。

「クコよ」

フェリアはローラの口に『クコの丸薬』を入れる。

そして、吐《は》き出さないように口を押さえた。

「飲み込んで！」

魔獣に噛まれたサムをも助けた『クコの丸薬』だ。ローラが嘔吐《えず》くがフェリアは手に力を込《こ》めた。吐き出させはしない。

「フェリア様！　制圧しました！」

「ゾッド、急いで『秘花』を持ってきて。それと、医官とガロン兄さんも！」

フェリアは叫《さけ》んだ。

「嬢、姫を……」

ローラの言葉にフェリアはハッとする。

「セナーダの姫とセオは⁉」

「そりゃ、あ……い、ど」

ローラが意識を失った。

「ローラ姐さん！　しっかりして！」

ローラの腕がダランと垂れた。

31番邸は野戦病院のようになっている。

『秘花』で、王妃近衛二名、ローラとベル、見知らぬ女は眠りについている。

邸宅《ていたく》内で、夜勤の侍女と女官が二名ずつ気を失っていたが、頭にたんこぶができた程度だ。扉《とびら》を必死に押さえて、時間を稼《かせ》いだのだと言う。蹴破《けやぶ》られて頭を打ったのだ。

侵入者であろう五名と、姫の襲撃《しゅうげき》に加わったセナーダの騎士三名、セナーダの侍女二名も救護されている。

きっと侍女が侵入者を手引きしたのだろう。帰国の馬車で城門は開いており、難なく侵入できたはずだ。そして、生け垣が折れていたのは、身を潜《ひそ》めた痕跡《こんせき》である。

婆やはローラとベルと入《い》れ替《か》わったため、難を逃《のが》れていた。

セナーダの姫が眠る寝室《しんしつ》に女性騎士を配備したのは正解だった。そうでなければ、今頃大事になっていたことだろう。

「全員は助からないかと」

医官がマクロンに伝えた。

「こちら側は、なんとしても全員助けよ」

「それは、次期王妃様の応急処置のおかげで、大丈夫《だいじょうぶ》でしょう。問題は、王妃近衛が討《う》った者らは……」

「構わんさ」

マクロンは感情を押し殺す。いくら敵方だとしても、その命に見切りをつけることに胸が痛まぬわけがない。

その命はきっと欲を実らせたい者に駒《こま》のように使われたものなのだ。マクロンが討つべき相手はその者、第二王子になろう。

これをもってして、事は穏便《おんびん》に収められなくなった。

諍《いさか》いなく終息することは難しい。アルファルドの時とは違い、第二王子は公《おおやけ》にしすぎたのだ。

「王様、皆口を揃え『第三王子の命令だ』と」

ビンズが苦々しい表情で報告した。

計画は失敗しても成功しても、第二王子にしてみれば事を起こすことに目的があったのだとわかる。

アルカディウスを、セナーダの第二王子が描いたシナリオに嵌めることに、成功も失敗も支障がないのだから。

ダナンがセナーダの第二王子への返答を引き延ばせば、この襲撃を起こすことが決まっていたのだろう。第二王子の描いた筋書きを認めさせるために。

マクロンは艶《あで》やかな色を目で追う。

髪《かみ》が乱れ、顔色も疲労《ひろう》を隠せていない。そこかしこに、汚《よご》れた跡《あと》もある。ドレスは破れ、さながら襲《おそ》われたような出《い》で立《た》ちだ。しかし誰より輝《かがや》いている。

「フェリア」

マクロンは思わず声をかけた。

「マクロン様……」

ガロンと一緒《いっしょ》に、フェリアが近づく。

「『秘花』のおかげで外傷の手当てもすぐにできましたぁ。後は、傷が癒《い》え体力が戻り健全になると自然に目覚めるでしょうが、証言が欲《ほ》しいなら」

ガロンの言葉を、マクロンは手で制する。『秘花』を使えば目覚めさせることもできるがその必要はない。

「大丈夫だ。無傷の証人がいる」

四人の視線が井戸に向く。

「セオならきっと守《まも》り抜《ぬ》くはずだわ」

フェリアが呟く。

31番邸の井戸には、郊外《こうがい》の森に続く隠れた通路がある。少し前にセオはここを通った経験もあった。今頃、息を潜めて待機しているはずだ。

「フェリア、着替《きか》えた方がいい」

「……」

フェリアが無言のままおもむろに手を広げる。手の平には指輪があった。

「これは？」

「見知らぬ女が所持しておりました。……ミタンニの紋章《もんしょう》です」

「何？」

マクロンは手に取り確認した。

ダルシュが持っている『ミタンニの証《あかし》』と似ている。だが、この指輪の方が緻密《ちみつ》で豪華《ごうか》に作られている。まるで、フェリアが所持している銀のブローチのように。

「どういうことだ？　いや、待て。女は……なぜここに？」

ガロンが『どうする？』と視線で問うてきた。さっきの『秘花』を使うかどうかはこれのことも言っていたのだ。

マクロンは野戦病院さながらの邸内を見る。

ローラとベルに挟まれて女が寝ていた。

「ガロン、頃合いを見計らって女性騎士と女を目覚めさせてくれ」

ガロンが軽く頭を下げて、怪我人《けがにん》の方に戻っていった。

「王様、あの女ですが」

ビンズが遠目で女の顔をジッと見ている。

「知っているのか？」

「……衣服や顔が汚れていて不確かですが、特別室に入れた女かと思われます」

数日前に後宮をうろついているところをビンズが捕《と》らえた女のようだ。

「引き取りはなかったのか？」

「はい。あの女だけ、どこの国からも引き取りはなく」

マクロンは『ミタンニの証』を握《にぎ》り締めた。

今はセナーダの政変に対処しなければならない。マクロンは、井戸を一瞥《いちべつ》した。

「ビンズ、まずはセナーダの姫とセオからだ。人目が多すぎるから、ここの井戸は通るな。密《ひそ》かに捜《さが》せ」

郊外の森へ行き、セナーダの姫とセオを見つけねばならないのだ。人目がある中で、井戸に入るわけにはいかない。外と通じる井戸を知られるわけにはいかないからだ。

空は白み始めている。夜明けが近い。

波乱の一日が終わる。

マクロンは紫斑病の時を思い出していたのだった。

翌早朝。

妙案は奇策へ。奇策はとんでもない計画へと変化する。だが、それがつまびらかになるのはまだ先だ。

「かしこまりました」

ゲーテ公爵が大きく深呼吸し、マクロンに頭を下げた。

マクロンは、ゲーテ公爵の隣《となり》で神妙《しんみょう》な顔になっているブッチーニ侯爵にも計画の了承《りょうしょう》を確認する。

「同じく、承知致しました」

ブッチーニ侯爵も覚悟を決めたようだ。

計画は動き出した。

「セナーダを落とせ」

王命は下った。

ゲーテ公爵とブッチーニ侯爵の了承を得て、サブリナとミミリーは11番邸で準備に取りかかっていた。

「なんと強情《ごうじょう》な」

ケイトがミミリーの縦巻きロールの髪を伸《の》ばしている。

「そうね、破廉恥《はれんち》な髪ですこと」

「なぁんですってぇ⁉」

いつものようにサブリナとミミリーはやり合っている。

フェリアは笑わずにはいられない。

「フェリア様、キュリー姫からドレスが届きました」

バネッサが二着のドレスを持って入ってきた。

「どれも、キュリー姫だと認識《にんしき》できるようなドレスだわ」

フェリアは、鏡の前で仕立て上げられている二人にドレスを渡す。

「……ありがとう」

フェリアは鏡越《ご》しで、二人にお礼を言った。

「引き受けてくれて、本当にありがとう」

鏡にはキュリーの髪型《かみがた》になった二人が映っている。

「簡単な密命でしてよ。そこの派手な者では少々難しいでしょうが、清楚《せいそ》なキュリー姫と私は雰囲気《ふんいき》が似ておりますから。オホホホホ」

サブリナがミミリーを鼻で笑う。

「内面は真逆の偽称《ぎしょう》清楚《せいそ》より、近寄りがたいオーラが似ている私なら、セナーダを欺《あざむ》けましょう。オーッホッホッホッホ」

ミミリーがいつものようにやり返した。

「それって、高飛車なオーラで合っています、ミミリー？」

「まあ！　キュリー姫が高飛車ですって？　流石、腹黒ですわね、サブリナ？」

フェリアは笑うしかない。

計画に向けて、着々と準備は整っていった。


さて、蚊帳《かや》の外に置いたジルハンとソフィアだが、マクロンは二人を呼び出した。

「こんな早朝にすまないな」

「いえ、何かお手伝いすることがあれば！」

「そうぇ、役立たずにしないでほしいものよ」

ジルハンもソフィアも、お呼びがかかるのを今か今かと待っていたようだ。

「ジルハン、ミミリーはどうだ？」

マクロンの思わぬ問いに、ジルハンとソフィアは顔を見合わせる。

「それは、今話すことかぇ？」

「ええ、今でないと計画が進まぬのです」

マクロンはニヤリと笑む。

「何やら、面倒事《めんどう》を押しつけられるようだのぉ」

「それが、ダナンのためならいくらでも」

ジルハンが嬉《うれ》しそうに笑った。復籍《ふくせき》したばかりだが、王子として何か役に立てるのが嬉しいのだろう。

「ミミリー嬢は潑剌《はつらつ》として、私にとっては眩《まぶ》しい女性です」

「そうか……うざくはないか？」

ジルハンが首を傾《かし》げる。

「いえ、他の令嬢《れいじょう》と違って認識しやすいですね。ミミリー嬢以外、同じような感じで判別ができないので」

その言いように、マクロンはチラッとソフィアを一瞥した。

こんな濃《こ》い者が近くにいたら、一般《いっぱん》的な令嬢に差を感じないのだろうかと。

「なら……悪寒《おかん》がしたりとかは？」

「は？」

「密着してくるだろ？　その時に拒絶《きょぜつ》反応はないかとな」

「確かに、豪華な衣装《いしょう》は眩しく目を細めてしまいますが、特に嫌《いや》な感じはしません。ガロン殿《どの》からは、少しは陽《ひ》に当たれと言われておりますので、練習にもなります」

微妙《びみょう》に会話は噛み合っていないが、マクロンは頷く。

「あの甲高《かんだか》い声は大丈夫か？」

最後の質問だと、マクロンは言い聞かせて問うた。これ以上問うても明後日《あさって》の答えしか得られぬ予感がするからだ。

「どこに居ても、見つけられますから便利な声ですね」

マクロンは苦笑いしか出ない。

「婚約者《こんやくしゃ》としても構わぬか？」

「はい！」

ジルハンが元気に返事をした。

ソフィアがフンと横を向くが、反論が出ないのは了承の意味だ。

「入ってくれ」

マクロンは部屋にミミリーを通した。

「このような出で立ちであるのは、ミミリー本人は密命を受けているからだ」

ジルハンとソフィアが目を見開いた。

「どうか、協力してくれ」

「も、もちろんです！」

ジルハンがフワッと笑う。

『扇子《せんす》で顔を隠す』ミミリーに、ソフィアが近づく。

「嫁御《よめご》や、頑張《がんば》りなさい」

含み笑《わら》いを向けるソフィアに、縦巻きロールにされてしまったキュリーは『なんたる屈《くつ》辱《じょく》』と扇子の内側で小刻みに震《ふる》えていた。

「ジルハン、貴人、頼んだぞ」

マクロンは縦巻きロールのキュリーを二人に託した。

ミミリーをキュリーに仕立てるなら、キュリーはミミリーに仕立てる。

安全に王城内で保護するには、これ以外ないだろう。セナーダの姫が襲撃されたばかりだ。キュリーを狙う輩《やから》も存在しよう。

ダナンは窮地《きゅうち》に陥《おちい》った姫を必ず保護するのだ。それが、妃選びから踏襲《とうしゅう》されてきたものである。

「しきたりも時には役に立つものだな」

マクロンはフッと笑ったのだった。

# 5 反撃

……女の目がゆっくり開く。

「おっ、起きたかぁ」

ガロンは見知らぬ女が目覚めたのを確認《かくにん》すると『秘花』を下げる。

波乱の夜会から三日が経《た》っていた。

「それ……目覚めの？」

「あんた、この花を知っているのかぁ？」

見知らぬ女が『目覚めの花』と呟《つぶや》く。

「あんたはアルファルドの者かぁ？」

女が少し考えてから、首を横に振《ふ》った。

「じゃあ……『亡国ミタンニ』の者かなぁ？」

女がガバッと起き上がる。瞬間《しゅんかん》、痛みに顔を歪《ゆが》ませた。

「まだ、傷口が痛むはずだから大人しく寝《ね》ておきなぁ」

「指輪は⁉」

女が自身の体をあちこち触《ふ》れ探し始める。

「ああ、預かっているさぁ」

「返して！　イタッ」

「だから、無理しないでさぁ」

ガロンは、痛がる女を横たわらせようとするが、言うことを聞いてくれない。

「なくなってないから、安心してよ。王様がちゃんと預かっているからさぁ」

「お、王様？」

「ああ、ダナンの王様」

女の目が見開かれた。

「ここ、ダナンだ！」

女は状況《じょうきょう》を理解したように、キョロキョロと周囲を見回す。

「それで、なぜ忍《しの》び込んだんだぁ？」

「証《あかし》！『ミタンニの証』を指にした男を追ってきたわ。こっそり捜《さが》していたら、変な男たちがいて……灯《あか》りのある邸《やしき》を目指して……」

ダルシュの指にあった『ミタンニの証』を追いかけて、女はアルファルドからダナンにやってきたということだ。

そして、運悪くというべきか、セナーダの襲撃《しゅうげき》に出くわしたのだろう。

「あの方はここにはいないの？」

「うーん、今、そのミタンニに向かっちゃった」

「えぇぇぇぇっ⁉」

女はそこでパタンと気絶した。力尽《ちからつ》きたのだ。

「ありゃ」

ガロンはやれやれと肩《かた》を竦《すく》めた。

「ちょっとばかり、苦い薬を飲めば元気になるさぁ」

『クコの丸薬』を、ガロンは女に含《ふく》ませる。

苦悶《くもん》の表情と、暴れ出す手足。

ケイトやネルが必死に押さえ込んだのだった。


「王様、どうやら女が危機を31番邸《てい》に知らせ、井戸に逃《に》げ込むセナーダの姫《ひめ》とセオを、ローラとベルと一緒《いっしょ》に守っていたようです」

ビンズが襲撃のあった夜の、31番邸の状況を詳細《しょうさい》に報告する。

あの襲撃の翌日に、郊外《こうがい》の森で待機していたセオとセナーダの姫は無事に見つかった。

セオ曰《いわ》く、見知らぬ女が31番邸に駆《か》け込んできて、変な男たちが隠《かく》れていると知らせたらしい。セオは不利な状況を判断し、井戸に逃げ込んだということだ。

「それで、ガロン様が聞くところによると、女はアルファルドから『ミタンニの証』を追ってダナンに入国し、王城に忍び込んだとのこと。ダルシュを追いかけてきたのでしょう」

ビンズがそこで一呼吸した。フゥと何かため込んでから口を開く。

「アリーシャ姫の侍女《じじょ》のようです。所持品にこれが」

マクロンは眉間《みけん》にしわを寄せながら、ビンズから所持品を受け取る。

「配属書か」

アリーシャの侍女として、冷宮に配属される旨《むね》が記されていた。

「それと、女は『目覚めの花』を知っていました。状況からして、アリーシャ姫に近しい侍女かと推察されます」

マクロンは眉間を指でグルグルと押す。

「複雑になっているな」

セナーダの政変から波及《はきゅう》し、亡国ミタンニ、アルファルドまで出てきたのだ。

ダルシュが口にしたようにアルファルドで生き延びているミタンニの者はいるのだろう。女がその可能性を示している。

「ゲーテからまだ連絡《れんらく》はないか？」

マクロンはセナーダへ使者に出したゲーテ公爵《こうしゃく》からの連絡を待っている。第二王子との面会前に連絡を寄越《よこ》すように命じてある。

「セナーダの第二王子は怒《いか》り心頭になりましょう。『ミタンニにアルカディウス王子を追放したから匿《かくま》っていない』などと伝えられたら」

「まあな」

マクロンはニヤッと笑《え》む。

ミタンニはアルカディウスを引き受けられる唯一《ゆいいつ》の国と言えよう。

この状況で他国がアルカディウスを引き受けることはない。そんな面倒《めんどう》事を進んで引き受けようものか。例え、それが建前上であっても敬遠しよう。

ゆえに、ミタンニを口にしたマクロンができることは、それを事実とすべく動くことである。

『ミタンニの復国』

ミタンニの血筋でもあるマクロンが、ミタンニを復国すると声高《こわだか》に宣誓《せんせい》すれば立ち消えになっている復興に拍車《はくしゃ》がかかろう。

その陣頭《じんとう》指揮は、『ミタンニの証』を持つダルシュなのだ。前王妃《おうひ》が妃《きさき》選びでダナン国の後宮に入宮した際、ミタンニから随行《ずいこう》してきたのが忠臣騎士《きし》ダルシュだ。

ダルシュは元々ミタンニの騎士であり、ダナンの騎士を経て庭師になった経緯《けいい》がある。

マクロンはダルシュに『ミタンニの復国』を命じた。

ダルシュは、これから第四の人生を送ることになろう。

「女はダルシュと入れ違《ちが》いになったのだな」

ダルシュは夜会当日、セナーダの姫の襲撃前に王城を出ている。『ミタンニの証』を所持する女のことは知らない。

「ダルシュを呼《よ》び戻《もど》しますか？」

ビンズが問うた。

「いや、女の体が良くなったら行かせればいい。ミタンニ復興は始まったばかりだ」

「そういえば、彼《か》の者もダルシュに随行しています」

ビンズが言う彼の者とはハンスのことだ。

マクロンは『あの者らしいな』と内心で思う。

「ブッチーニの方はどうだ？」

「予定通りに出立し、随時《ずいじ》フェリア様に報告が届いております。やはり、セナーダの者が待《ま》ち伏《ぶ》せしていたようです」

「そうか。……皆《みな》、無事ならいいのだが」

マクロンは窓から遠くを眺《なが》めながら呟いた。

『私はいつだってこの城に留まらねばならん。王位とは歯痒《はがゆ》いものだ。玉座への野望を持つ者は、きっと知るまい。羽があるのに、足を繋《つな》がれた状態が王であるということを』

マクロンはままならぬ思いを胸に、外を眺めていた。

ターナの馬車は国境へ向かっている。

キュリー姫の乗り入れた馬車を使用し、ターナに入ろうとしているのだ。傍目《はため》には、キュリー姫の帰還《きかん》に見えよう。

しかし、扇子《せんす》を広げて中に乗っているのは、髪《かみ》の色こそ違うがキュリー姫……のような者である。だいたい、馬車の中は外からでは確認できまい。

幾度《いくど》も狙《ねら》われながら、なんとか国境に近づいていた。

キュリー姫もといい、ミミリーは最初の襲撃こそ悲鳴を上げたが、その後は沸々《ふつふつ》と怒りを溜《た》め込んでいた。

「また、待ち伏せだ！」

外からの声に、ミミリーは馬車の中で踏《ふ》ん張《ば》る。

剣《けん》の交わる音、馬車が大きく揺《ゆ》れる衝撃《しょうげき》、緊迫《きんぱく》する雰囲気《ふんいき》、ミミリーの怒りが沸点《ふってん》に達する。

「ふざけんじゃないわよ！」

ミミリーは馬車の扉《とびら》を開けた。

そして、髪を振り乱《みだ》しながら、襲撃者に向かって手当《てあ》たり次第《しだい》馬車内の物を投げていく。

煙幕《えんまく》が立ったり、刺激臭《しげきしゅう》が漂《ただよ》ったりと、阿鼻叫喚《あびきょうかん》の様相になっていく。

ミミリーが投げているのは、フェリアから渡《わた》された撃退《げきたい》物なのだ。

幾度の襲撃でミミリーの姿は、もうグチャグチャだった。

「キュリー姫！　是非《ぜひ》、セナーダに！」

セナーダの襲撃者がミミリーを攫《さら》おうと腕《うで》を伸《の》ばしてくる。髪の色の違いなどわからないのだろう。ターナの馬車に乗った高貴な女性が、ターナ方面に向かっているのだ。偽物《にせもの》だなどと微塵《みじん》も思っていないようだ。

「不届き者！」

ミミリーはフェリアから貰《もら》った剛鉄の泥《どろ》団子を投げつけた。

顔面に的中し、襲撃者が鼻血を出して倒《たお》れていく。

「もうすぐ、国境です！」

ターナの騎士が叫《さけ》ぶ。そして、ダナンの騎士がミミリーたちを行かせるように、襲撃者を防いでいた。

ミミリーの瞳《ひとみ》に、ダナンの騎士と一緒に奮闘《ふんとう》するブッチーニ侯爵《こうしゃく》の姿が映る。

言葉はなく、互《たが》いに頷《うなず》いた。

「気にせず、突っ走《つっぱし》ってください！」

ダナンの騎士が声を張り上げた。

ミミリーたちはボロボロになりながら、国境を越《こ》えたのだった。


身なりを整えることなく、ミミリーはターナ王の御前《おんまえ》へと進み出る。

周囲の者らは、そんなミミリーを怪訝《けげん》な目で見ていた。

「ダナン王マクロンの命により！」

ミミリーは声を張り上げる。

「キュリー姫の帰路の安全を確認すべく、ブッチーニ侯爵が娘《むすめ》、私ミミリーが『キュリー姫の囮《おとり》』を承《うけたまわ》りました！」

この言葉をもってして、その場は騒然《そうぜん》となった。

「待て、そちのその……身なりは」

「キュリー姫が受けるはずだった身なりとなりましょう。私が『囮』とならなければ！」

ミミリーは瞳を潤《うる》ませながら、皆を見回した。

「すでに、セナーダ第二王子より打診《だしん》が届いておりますことと推測されますが、このような人攫《ひとさら》いまがいなことをする人物に、まさか誇《ほこ》り高《たか》きターナが屈《くっ》するなどありませんわね？」

ミミリーが来るまでターナ国内ではセナーダの政変に対して、第二王子に嫁《とつ》がせればいいとする意見と、強引《ごういん》とも言える政変は成就《じょうじゅ》しないだろうから返答を遅《おく》らせて、状況を注視した方がいいとする意見でわかれていたのだが、形勢は一気に変わった。

流石《さすが》に、人攫いまがいを許容できない。それが、成功し王妃の席が準備されていてもだ。

そんな玉座に安定は期待できないだろう。

「ダナン王よりこちらを」

ミミリーは膝《ひざ》をつき、親書をターナ王に捧《ささ》げた。

破れたドレスから痛々しい傷が覗《のぞ》く。痛さを堪《こら》え、ミミリーはダナンの使者を全うする。

「ダナンが責任を持って、キュリー姫を『王妃』に致《いた》しましょうと記されております。ですが、どこの『王妃』かにつきましては今しばらくお待ちをとのことです。どうか、ダナンにキュリー姫保護の許可をいただきたく！」

震《ふる》える足は緊張《きんちょう》からではない。ヒールの折れた足でこの姿勢を取っているからだ。侯爵令嬢《れいじょう》が傷まで負って、ターナの姫の身代わりとなってここに居る。

令嬢にそのような姿をさせるのが忍びなく、ターナ王が慌《あわ》てて椅子《いす》を用意させたが、ミミリーは立ち上がろうとはしない。

「返答を賜りますまで、姿勢を崩《くず》さぬことが使者の矜持《きょうじ》ですわ。どうか、皆様でご検討くださいませ」

「ダナン王の提案を受け入れる！」

ターナ王がすぐに返答した。周囲も頷いている。ミミリーを労《ねぎら》いたく、手が出そうになるほどだ。

「ありがたき幸せに存じます」

ミミリーはその言葉までしか持たなかった。

膝が崩れ、震え出し、涙《なみだ》が溢《あふ》れる。

ミミリーのその姿に、ターナの貴族から称賛《しょうさん》の拍手《はくしゅ》が起こったのは言うまでもない。


ミミリーから逐一《ちくいち》知らせが届く。

『また、襲撃されましたわ。国境を越えました。予定通りに』

フェリアは唇《くちびる》を噛《か》み締《し》めた。

やはり、セナーダの第二王子は玉座を確固とするため、セナーダの姫を狙うだけでなく、キュリー姫も手に入れようとしていた。実質支配を目論《もくろ》んでいるのだ。

「やはり、第二王子は拙速《せっそく》ね」

フェリアは苦々しい感情にかられる。

「だけど、彼の欲を成就させるにはこれしかなかったのね。腹立たしい限りだわ」

王子ともあろう者が、すぐに力の行使をするなど思ってもいなかった。そんな安易に武力を扱《あつか》えば、国がどうなるかわからぬはずはないのだ。

ダナンの王城で、姫を狙う。アルカディウスの仕業とし、ダナンに責を問う。帰路に着くキュリー姫を攫い、実質王妃の輿入《こしい》れであるとターナに認めさせる。

拙速で安直、あまりに横暴。

ダナンが第二王子の玉座を認めようものか。

「なぜ、諍《いさか》いになるとわからないのかしら？」

「それは、視野が狭《せま》いからでしょう。第一王子は内政しか知らない。第二王子は武力しか知らない。第三王子は外交しか知らない。それぞれは国を支える重要な力ですが」

ペレが執務《しつむ》室に入ってきながら言った。

フェリアは今王妃塔《とう》で過ごしている。警護を一所にするための態勢だ。

「三人に信頼《しんらい》関係があれば良かったのでしょうが……いえ、三つを支える柱がぐらついたのが原因でしょうか」

つまり、それぞれを結びつけていたセナーダ王が床《とこ》に伏《ふ》せっているからだろう。

「国を治めるというのは、難しいものです」

ペレがため息をつく。

「先王様は一手に背負われた。力を分散することなく重責に耐《た》え、愛する者を犠牲《ぎせい》にしました。セナーダ王は力を分散し、国が犠牲になろうとしている」

そこで、ペレがフェリアを見ながらフォフォフォと笑った。

「同じ力を持つと豪語《ごうご》されましたな？」

「ええ、もちろん」

フェリアはニッと笑い返した。

「王様は、同じ轍《てつ》は踏まないようです。思い出されます。妃教育が始まってすぐに『二人で一つなんてもったいない。二人立つなら二人分の力』でしたか」

フェリアは胸を張る。

「ええ、だから大暴れしてみせますわ」

政変から一週間が経っていた。

ゲーテ公爵はダナンへ内密に連絡を出した後、やっと目的の人物と面会していた。

セナーダの第二王子はイライラが限界に達したのか、『医術など必要ない！』と叫び、あろうことかゲーテ公爵に剣を向けている。

「その剣は、私でなくダナンの王に向けているのだと自覚がおありですかな？」

ゲーテ公爵は剣の脅《おど》しを気にする様子もない。

「武力でしか解決を図《はか》れない者が、まさか一国を背負うなど冷笑しか出ません。もちろん、貴殿《きでん》がそんな底の浅い方でないと、このゲーテはわかっております」

第二王子の剣が怒りからか、プルプルと震え出す。

ここで、剣を振るえばゲーテ公爵の言う通りだと、証明してしまう。第二王子の怒りは床へと落とされる。

ゲーテ公爵の膝すれすれに剣を突き刺《さ》す形で。

「これは、これは、強い剣と言うべきか弱い床だと言うべきか、このゲーテには判断ができません」

この返しに、第二王子はイライラを爆発《ばくはつ》させる。

「我を支える土台が弱いとでも言っているのか⁉」

ゲーテ公爵の先ほどの発言は貴族らしい言い回しの嫌《いや》みなのだ。

兵権を握《にぎ》る第二王子の剣は強いが、土台である床は弱い。第二王子を支持する勢力のなさを指摘《してき》したのだ。

事実、この面会の場に重鎮《じゅうちん》らはいない。

やはり、政変は第二王子の独断で行われたようだ。事の成り行きを重鎮らは息を潜《ひそ》め、傍観《ぼうかん》しているのだ。

体調を崩した王と第一王子を第二王子が握っている状況で、安直な行動を避《さ》けているのだろう。事がどう転ぶのか……どうやってこの局面を切り抜《き》《ぬ》けようかと苦慮《くりょ》しているに違いない。

「滅相《めっそう》もない。この剣では床に少々傷をつけるが限度なのでしょう」

ゲーテ公爵は、大袈裟《おおげさ》に否定し、また絶妙《ぜつみょう》な言い回しで返した。先ほどの反語だ。今度は、『大袈裟に、お前の剣では政変は成就しない。少々傷をつける程度だ』と暗に示したのだ。

「貴様ぁぁぁぁ!!」

感情を露《あら》わに、怒声《どせい》を浴びせる。これでは一国など背負えないだろう。周囲に第二王子を諫《いさ》める者はいないのだから。

「牢屋《ろうや》に入れましょう。ダナンも使者を還《かえ》さないのですから、こちらも当然同じ待遇《たいぐう》でよろしいでしょう」

コソコソ耳打ちするのは、第二王子の側近に違いない。だが、発言は筒抜《つつぬ》けだ。貴族の地獄耳《じごくみみ》を侮《あなど》ってはいけない。

ゲーテ公爵はニコニコしながら言葉を紡《つむ》ぐ。

「お持ちください。本題はこれからです。アルファルドの医術提供の取り成しだけでこちらに足は運びません」

第二王子がイライラしながら『さっさと言え！』と叫ぶ。

「アルカディウス様におかれましては、ミタンニに追放致しましたので、ダナンとしては匿ってはおりません」

ゲーテ公爵は、頭を撫《な》でつけながら余裕《よゆう》をかます。

「ミ、ミタンニだとぉぉ⁉」

ゲーテ公爵の独壇場《どくだんじょう》は続く。

「ええ、あの亡国です。荒廃《こうはい》した国に追放致しました。どうぞ、お好きに追うなり、捕《つか》まえるなりしていただいて結構です」

第二王子の顔が真っ赤に染まった。

「そのような嘘《うそ》を信じるものか！」

とうとう第二王子はゲーテ公爵に向けて剣を投げつけた。ゲーテ公爵の左頬《ほお》すれすれを剣が流れる。

それでもゲーテ公爵は微動《びどう》だにしない。

「ダナン王に二言はありませんぞ。『ミタンニに追放』と王が言葉にしたなら、『ミタンニ復国』を宣言したようなもの。すでに人選は終わっていましょう」

ゲーテ公爵はここでしっかり第二王子を見据《みす》えた。そして『なぜなら』と続ける。

「ダナンにはミタンニの血筋である王子、いえ王弟がおりますゆえ、新王を推挙できますから。玉座を温められる存在はすでにおりますので」

そこで、含むように一拍《ぱく》置きゲーテ公爵は発する。

「もちろん、王妃の席には……ターナも頷く御仁《ごじん》が座りましょう」

名を明かさず、ゲーテ公爵はニンマリと笑んだ。そして、『今頃《いまごろ》、新王と出立していましょうか』とすっとぼけてみせた。

「なんだとぉぉ⁉」

秀逸《しゅういつ》な返しは、第二王子にはできそうにない。

ゲーテ公爵はこれではセナーダが倒れてしまうなと、内心辟易《へきえき》した。この程度の器《うつわ》で、なぜ政変を起こしてしまったのかと呆《あき》れるばかりだ。

「これで、ダナンに難はありません。悩《なや》みの種はダナンにはいないのですから。どうぞ、そちらで対処くださいませ。ああ、それからセナーダの姫様はご無事です。セナーダ王の親書を賜りましたら、姫様は帰国するそうですぞ。流石幼くとも一国の姫様ですな、安全安心を心得ていらっしゃる。さて、これがダナンのセナーダに対する返答です」

ギリギリと歯ぎしりして、第二王子がゲーテ公爵を睨《にら》む。

「こいつをさっさと牢屋に放り込め！　すぐにキュリー姫を追うぞ。ミタンニなどに行かせてなるものか！」

今頃『誰《だれ》が』出立しているのか、第二王子は勘違《かんちが》いしたことだろう。

ゲーテ公爵は『予想通りの展開だ』と静かに頭を下げながら心の中で呟いた。


その馬車列は、豪勢《ごうせい》で豪華《ごうか》だ。

第四騎士隊が警護しながら進んでいる。一国の王が移動しているのかと思われるような仰々しさである。

第二王子の目には、ミタンニの新王とキュリー姫が乗っている馬車列に見えるはずだ。

敵は政治のなんたるかもわからない武人の集まりで、目にする物をそのまま信じてしまうだろう。

策略を担《にな》う軍師はいない。重鎮の知能を持たぬ、武あるのみの集団である。

「いやあ、久々の実戦ですな。腕が鳴りますぞ」

ボルグが馬上から馬車内に声をかける。

キュリー姫のような者が、扇子を閉じてから口を開く。

「こちらに十分引きつけないといけませんから、一瞬《いっしゅん》で終わり敗走させないよう気をつけなさい」

キュリー姫と同じような冷静な声が返す。

「そうですな。玉座をがら空きにする時間を稼《かせ》がないといけませんから」

どこのと問われれば、もちろんセナーダの玉座だ。

「本当は、私もフィーお姉様とご一緒したかったわ」

サブリナがため息をつく。

「ええ、私も実は同じです。次期王妃様のご活躍《かつやく》を目にしたかったのですが……」

ボルグの言葉に、サブリナが笑った。ボルグの言うところの活躍とは、一般的《いっぱんてき》なものと違うとわかったからだ。

「ダナンの隊が他国で武力行使はできませんから、これしかありませんわね。フィーお姉様が暴れる……コホン、ご活躍なさる」

「はい。承知しております」

ボルグが楽しげな声で返した。

その時、警戒《けいかい》もなく突進《とっしん》してくるような馬の蹄《ひづめ》の音が近づいてくる。

「来たようね」

「はい。偵察《ていさつ》もせず突進しか頭にない者が兵権を握ると、このように残念な最後を迎《むか》えるのですな」

ボルグがガッハッハと笑う。

「第二王子が、他国の貴族家を襲撃。とんでもない失態ね。玉座どころか、王族廃籍《はいせき》ものだわ」


サブリナは走る馬車の扉を開いた。

迫《せま》り来る馬車を視界に捉《とら》える。向こうも気づいただろう。キュリー姫の存在を。

サブリナは大きく息を吸い込んだ。

「ダナン王マクロンの命により！」

ボルグがサブリナを抱《かか》え、馬に乗せる。

「セナーダの玉座に彼の者が辿《たど》り着《つ》くまで、戦いを続けよ！」

第四騎士隊を鼓舞《こぶ》した。


さて、時は三日前にさかのぼる。

サブリナの馬車列がダナン王城から出ていった直後だ。

フェリアは、開いた馬車の扉を前に自身の落ち度に気づいた。

「フェリア様？　どうぞ、お乗りください」

ゾッドが促《うなが》すも、フェリアは子鹿のように足が震え出す。

「え？　ええっ⁉」

真っ青な顔色になったフェリアに皆が慌て出した。

「わ、私、馬車には乗れなかった……」

「はぁっ⁉」

皆がいっせいに口にした。

「の、乗りますわ」

一歩が踏み出せない。

「フェリア」

見送りに来たマクロンがフェリアを抱き抱《だ》えた。

「途中《とちゅう》まで一緒に行こう」

フェリアはマクロンに抱えられたまま馬車に乗り込んだ。

扉が閉まる。

フェリアは目をギュッとつむった。

「出発します！」

馬車の振動《しんどう》を感じ、フェリアはマクロンにしがみついた。

「怖《こわ》いのか？」

フェリアは首を横に振る。

「もしもの時、すぐにわからないから不安になるのです」

「それは、ご両親の馬車の事故が原因？」

「はい。それまでは馬車には普通《ふつう》に乗れていました。事故後から……馬車に乗ると不安が襲《おそ》ってくるのです。馬車の中にいたら、異変に気づくのが遅《おそ》くなる。対処できなくなると」

マクロンがフェリアの背をトントンとあやす。

「窓を開けても駄目《だめ》なのか？」

「……馬が見えないから」

つまり、フェリアは目にしていることが重要なのだ。異変をすぐに目にできる状態でないと、不安に駆られるのだろう。

「なるほど。実はリカッロからフェリアが馬車に乗れないと文が届いていたのだ。理由は本人に訊《き》いてくれと」

「リカッロ兄さんが？」

少しだけフェリアの体が弛緩《しかん》する。

その瞬間を逃《のが》さず、マクロンがフェリアの脇《わき》に手を差し込み、体を浮《う》かす。

「マ、マクロン様！」

フェリアは横抱きのしがみつきから、子どもを抱き上げたような……少々破廉恥《はれんち》な格好

になった。

マクロンの膝上《ひざうえ》に跨《また》がっているのだ。

「こ、こんな、格好無理ですぅ！」

暴れるフェリアをマクロンはしっかりホールドする。

「ハハハッ、流石じゃじゃ馬。本人が馬なのだから、馬車に乗るのは確かに可笑《おか》しいものだ」

マクロンの言いように、フェリアはムッと頬をふくらませる。

「確かに、じゃじゃ馬ですが！」

フェリアはポカポカとマクロンの胸板《むないた》を叩《たた》いた。

「ほら、だいぶ平気になったではないか」

フェリアは小さく『アッ』と漏《も》らす。

「私としてみれば、もう少ししがみついてくれた方が役得なのだがな」

「……マクロン様、私、私」

フェリアは口を押さえる。

「そんなに感極《かんきわ》まることじゃない」

「……違い、ます」

「ん？」

「……気持ち悪い」

真っ青になったフェリアに、マクロンがやっと乗り物酔《のりものよ》いだと気づく。

「ちょ、ちょっと待て！」

マクロンが慌てて、ハンカチをフェリアの口に当てた。

「止まれ！」

マクロンの命令で馬車が止まった。

すぐに扉が開かれる。

ゾッドがマクロンとフェリアの体勢を見て、瞬時に扉を閉めた。

「いや、違っ」

「失礼致しました。どうぞ、しばしの抱擁《ほうよう》を」

マクロンが言い終わる間もなく、ゾッドが大声を出した。

フェリアもこれには挙動不審《ふしん》になる。捲《めく》れ上がったドレスを整え、視線が泳ぐ。

マクロンは苦笑いしながらフェリアを労《いたわ》る。

「吐《は》き気《け》が収まったようで何よりだ」

「そうですね。なんか、もう大丈夫《だいじょうぶ》な気がします」

フェリアはマクロンの膝から降り、隣《となり》に座った。

「あの、でも手は繋いでいてくれませんか？」

フェリアはマクロンと手を繋ぐ。離《はな》れないようにと指を交互《こうご》に絡《から》めて。

マクロンが手をジッと見つめている。

「王族や貴族では、こんなふうに手を繋ぎませんよね」

「民《たみ》は、こうして手を繋ぐものなのか？」

「強く想《おも》う相手とだけ」

フェリアはそのままマクロンの肩に頭をのせる。

マクロンが顔を寄せ口づけた。いつもより、少し長いキスだ。

離れた唇がもう一度重なる。

手が強く握られる。

幸せな吐息《といき》と共に唇は離れた。

「我と同じ力を持つ王妃になる者よ。存分にその力を発揮してこい」

「承りましたわ。王よ」

「……フェリアは私の羽だ」

「羽ですか？」

マクロンがフッと笑った。

「私の代わりに飛んでいってくれるから」

「では、マクロン様は世界樹ですね」

フェリアの返答に、マクロンが『ああ』とスッキリした表情で答えた。

幸せな時間は一時だ。

マクロンが馬車を降りた。

外ではビンズが恐《おそ》ろしい笑顔《えがお》で立っている。

マクロンが明後日《あさって》の方向に口笛を吹《ふ》く。

フェリアは笑った。

「いってきます！」

元気な声で、フェリアは出発できたのだった。


計画は終盤《しゅうばん》に向かっている。

ハンスが提案した『ミタンニに追放』は妙案《みょうあん》だった。

ダルシュの陣頭指揮の下《もと》、ミタンニ復国の準備に取りかかり、アルカディウスをミタンニに追放するという奇策《きさく》を考えつく。

その矢先にセナーダの姫が襲撃され、マクロンは『反撃《はんげき》』を決めた。

『反撃』を行う者は誰か……マクロンと同じ力を持つと豪語した者、もちろんフェリアだ。

そして、それに連なる臣下たちである。

マクロンは『セナーダを落とせ』と王命を下した。

セナーダの玉座を空にせよと。忠臣全ての行動は、そこに繋がるのだ。


フェリアを乗せた馬車は三日をかけて、セナーダとの国境に到着《とうちゃく》していた。

セナーダ領で馬軍の移動があったのか、土煙《つちけむり》が上がっている。

「流石、ゲーテね。誘導《ゆうどう》成功だわ。ゾッド、確認を出して」

「はっ!」

憶測《おくそく》で事を起こせはしない。第二王子のように拙速であってはならないのだ。

きっと、第二王子はその性格ゆえに、まんまと乗せられたことだろう。ミタンニに向かう豪華な馬車列を追うはずだ。ゲーテ公爵の狡猾《こうかつ》な舌を真に受けて、キュリー姫を手中に収めようと。

つまり、空の玉座は目前だ。

『セナーダを落とせ』

マクロンの言葉は現実となるだろう。

フェリアは随行者を一瞥《いちべつ》する。

ダナンの騎士に扮《ふん》したアルカディウスと目が合った。

アルカディウスはミタンニでなく、フェリアに随行し第二王子のご希望通りセナーダを目指したのだ。

『嘘も方便』ハンスの言うように、第二王子を嵌《は》めた。

アルカディウスはミタンニに追放。キュリーはミタンニ王妃へ。実際は、アルカディウスはセナーダに向かい、キュリーはダナン王城でミミリーに扮している。

キュリーを保護する許可は、ブッチーニ侯爵とミミリーが身を挺《てい》してターナから了承《りょうしょう》を得た。

ゲーテ公爵とサブリナが敵中に向かうことも恐れず、セナーダの玉座を空にしてみせた。卑怯《ひきょう》な手だとは思わない。最初に仕掛《しか》けたのは第二王子なのだから。

「覚悟《かくご》はできて？」

フェリアはアルカディウスの視線に問うた。

「ええ、もちろんです。マクロン殿《どの》から煮《に》えきらないと指摘され覚醒《かくせい》しました」

「そう、良かったわ。マクロン様の言葉でなく、キュリー姫の温《ぬく》もりで覚醒したと思っていたのだけど」

「な、な、そのような」

アルカディウスがうろたえている。どうやら図星のようだ。

フェリアはフフッと笑ってから、アルカディウスの横の存在に視線を移した。

「あなたにも訊くわ。覚悟はできて？」

「当たり前です。これが成功しなければ、イザベラを迎えられませんから！」

エミリオは鼻息荒《あら》い。

フェリアはエミリオの額をツンと押した。

「ターナに必ずキュリー姫を王妃にすると約束したわ。どこの王妃かと明言は避けたけれど。もし、アルカディウス王子が玉座を奪《うば》えなければ……キュリー姫は復国ミタンニの王エミリオの妃とする。それがダナンの返答だもの」

アルカディウスとエミリオは真剣《しんけん》な眼差《まなざ》しで、互いに頷き合った。

「それにしても、たった七人でセナーダに乗り込むなど考えもしませんよ、普通は」

ここまで、フェリア、アルカディウスとエミリオ、お側《そば》騎士四名だけの行脚《あんぎゃ》だった。

「31番邸ではこれが普通ですよ」

セオが軽妙《けいみょう》に口を挟《はさ》んだ。

「フェリア様の周囲は、普通でないことばかりですね」

アルカディウスもエミリオもそこでフッと力が抜ける。

「セオは、姫と一緒に留守番でも良かったのにね」

フェリアはクスクス笑いながら言った。

「ちょ、そりゃないですよ！」

セオが慌てたように反応する。

セナーダの姫は郊外の森で、セオと無事にいた。

しかし、セナーダの者に見つからぬようフォレット家に滞在《たいざい》することになった。

セナーダの騎士や侍女の裏切りでもわかったように、第二王子と繋がる者が王城にいるかもしれないからだ。

それに、セナーダの姫はセオが一緒ならどこだって良かった。

毎日、フェリアの甘いパンも届けられた。楽しいお泊《と》まり会だったに違いない。

「感謝致します。妹を助けていただいて」

アルカディウスがセオに深々と頭を下げる。

「いやいやいや、31番邸ではあれが普通ですし」

「フェリア様の周囲は、普通でないことばかりですね」

アルカディウスが澄《す》ました顔で、さっきと同じ会話を繰《く》り返《かえ》した。

「フェリア様、ゲーテ公爵の誘導は成功したようです」

ゾッドが確認から戻ってきた。

「大仕事は目前よ」

フェリアの出番である。

「フェリア様、ここからは馬車でなく馬で向かいます。時間がありませんので」

ゾッドが馬を引いてくる。

「あら、馬車でないのね！　馬駆けなら得意よ」

「は？」

フェリアはゾッドが首を傾《かし》げたのに合わせ、同じく首を傾げた。

「少々、伺《うかが》いますがフェリア様は乗馬ができると？」

「ええ」

「馬車は乗れないのに、いえ苦手だけど乗馬は大丈夫だと？」

「ええ」

ここで、皆の視線がフェリアに向く。

「ね、普通じゃない」

セオが言うと、皆噴《ふ》き出した。

「ちょ、ちょっと！　何よ、何が可笑しいのよ！」

ゾッドが涙目《なみだめ》になりながら口を開く。

「では、セナーダ王城へ乗り込みましょう」

ゲーテ公爵は、薄汚《うすぎたな》い地下牢《ろう》に入れられていた。

顔はげんなりしている。まさか、公爵位の使者を特別室でない本当の牢屋に入れるなど、国としての体裁《ていさい》を成していない。

先ほどから外が騒《さわ》がしい。政変時だからだろう。

牢屋番の姿も見当たらない。

「最悪だ」

そう言った瞬間に、バシン、ビシビシと轟音《ごうおん》と振動が起こる。

「うーん、もっと力を入れた方がいいかしら？」

「や、やめてください、フェリア様！」

慌てたゾッドの声がする。

ゲーテ公爵は信じられない光景を目《ま》の当《あ》たりにすることになった。

ガラガラガラ
「なぜ、穴が？」

頑丈《がんじょう》な石造りの城で、頑丈な牢屋なはずだ。

ゲーテ公爵が呆然《ぼうぜん》と横穴を見つめる。

「ゲーテ、待たせたわね」

フェリアである。

「やっぱり、九尾魔獣《きゅうびまじゅう》の尻尾《しっぽ》の鞭《むち》ね」

闘技場《とうぎ》を軽く一振りで破壊《はかい》できる鞭は、強固な造りの牢屋であっても太刀打《たちう》ちできなかったようだ。

馬車の中で、マクロンがフェリアに授《さず》けていたのだ。

「えーコホン、……玉座は？」

ゲーテ公爵が咳払《せきばら》いして問うた。

「予定通り、アルカディウス王子が座っているはずよ。セナーダ王も第一王子もなんとか無事だったわ。少々、色々と崩壊《ほうかい》させちゃったのだけど」

『セナーダを落とせ』

マクロンの王命は実行された。

セナーダ政変は呆気《あっけ》なく幕を下ろした。

しかし、この政変の幕上げに思わぬ人物が関わっていたことを、フェリアはまだ気づいていない。

横槍《よこやり》は思わぬところから飛んできていたのだ。

# 6 横槍

アルカディウスがセナーダ王城をなんとか掌握《しょうあく》した後、フェリアはセナーダ王と第一王子を診《み》ていた。

どちらも衰弱《すいじゃく》が激しく、あと数日もすれば手遅《ておく》れだっただろう。

特に、第一王子は意識不明の危険な状態だ。

第一王子の手を妃《きさき》が握《にぎ》っている。

「私のせいで……」

第二王子は第一王子の妃を人質《ひとじち》にし、政変を起こしたのだ。第一王子から政務を奪《うば》った後、セナーダ王にこの政変を認めるように求めたが、拒否《きょひ》されたらしい。

さらに、『末娘《むすめ》がどうなってもいいのですか』と迫《せま》る第二王子に対処している中、王妃《おうひ》や側室を見事に逃《に》がしてみせたのもセナーダ王の手腕《しゅわん》だろう。

遅々《ちち》として状況《じょうきょう》が打破できず、第二王子はセナーダ王と第一王子を兵糧《ひょうろう》攻《ぜ》めにしたようだ。

「どうして、次兄《じけい》はこのような乱心を起こしたのです?」

アルカディウスが第一王子の妃に問うた。

「わからないわ。いきなりだったもの」

それは、アルカディウスも思うところだろう。

セナーダを出発するまで、そのような兆《きざ》しを感じなかった。だから、アルカディウスは呑気《のんき》にマクロンに外交という遊びを担《にな》っていると言っていたのだから。

「お……う、てぃ」

第一王子が微《かす》かに声を出した。干《ひ》からびた唇《くちびる》が小刻みに震《ふる》えている。

どうやら、意識を取《と》り戻《もど》したようだ。

「兄上！」

アルカディウスが叫《さけ》ぶも、力尽《ちからつ》きたのかすぐに目を閉じた。

「お願い！　助けてくださいまし！」

第一王子の妃がフェリアにすがった。

「意識が戻ったのは好転の兆しよ。『クコの丸薬』を飲ませたから徐々《じょじょ》に回復していくわ。問題はその『クコの丸薬』の手持ちが少ないのよ」

セナーダの王にも『クコの丸薬』が必要だからだ。

銀のブローチに忍《しの》ばせている分と、エミリオに所持させている分を合わせても一週間は持たない。

「エミリオ、セオと一緒《いっしょ》にダナンに戻ってくれる？　こちらの状況をマクロン様に伝えて」

「わかりました。できるだけすぐに戻ってきますから」

ダナンとセナーダの王都は近いのだ。

「アルカディウス王子、第二王子はまだ戻ってきていないのね？」

「はい。少々遅《おそ》いような気もします」

フェリアは一抹《いちまつ》の不安を覚えた。先ほど、第一王子が口にした言葉が気になるのだ。あれは、何かを伝えようとしていたかのように思う。

「出ましょう」

フェリアは部屋を出て、アルカディウスと歩く。

「……兄上は何か、いえ」

アルカディウスもフェリアと同様に、何か引っかかっているのだろう。

「失礼します！」

廊下《ろうか》の奥から慌《あわ》てたような声がかかる。騎士《きし》が走ってきた。

「はぁはぁ、キュリー姫《ひめ》らしき方が」

フェリアとアルカディウスは顔を見合わせる。

「第二王子の行方《ゆくえ》を報告すると、はぁはぁ」

「どこに通した⁉」

アルカディウスが吠《ほ》える。

「まだ、城門です」

フェリアは駆け出す。

アルカディウスも続いた。

もちろん、皆《みな》城門へと向かった。


城門の人集《ひとだか》りから、艶《あで》やかなドレス姿が飛び出てくる。

「フィーお姉様！　お父様！」

キュリー姫の出《い》で立《た》ちのサブリナが、フェリアとゲーテ公爵《こうしゃく》の姿を見つけると叫んだ。

隣《となり》には、ボルグがいる。

どうやら、計画通りにはいかなかったようだ。

第四騎士隊を引き連れていないのは、セナーダ王城に他国の隊が向かえないからである。

国境付近に騎士隊を待機させ、二人で急ぎ知らせに来たのだろう。

「どうなったの⁉」

フェリアは、崩《くず》れ落《お》ちるサブリナをゲーテ公爵と支えながらボルグに問う。

「予定通り、十分に応戦し時間を稼《かせ》いだ後、こちらの正体を告げました。第二王子は、

『騙《だま》された』と叫び、セナーダ王城に引き返そうとしたようですが、途中《とちゅう》で方向転換《てんかん》し北の国境に向かったのです。五十騎《き》の馬軍は、関所を突破《とっぱ》し国境を越《こ》えたようです。数人に追わせていますが、連絡《れんらく》は遅くなりましょう。王様にもすでに早馬を出してあります」

流石《さすが》、ボルグだ。全てを処理してここに来たのである。

計画では、王城に引き返した第二王子を、アルカディウスが迎《むか》え撃《う》つはずだった。第二王子は、アルカディウスがセナーダに戻っているとは思っていないはずだからだ。ゲーテ公爵はミタンニに追放したと伝えたのだから。

他国の貴族を襲撃《しゅうげき》したとわかり、対策を練るために王城に戻ると算段していたが、一体どこに敗走したというのか。

『騙された』はきっとゲーテ公爵に向けた言葉だろう。

国境を越え、どの国に向かった？　フェリアの脳内に一つの可能性が浮《う》かんだ。

「国境を越える……」

フェリアは呟《つぶや》いた。

「亡命でしょうな」

ゲーテ公爵がそう告げる。

「誰《だれ》かが、こちらの状況を伝えたならあり得ましょう。まだ完全にここを掌握できていなかったようです」

アルカディウスが悔《くや》しそうに言った。第二王子の残党は、この王城でまだ息を潜《ひそ》めているようだ。

「今は、次兄を追えるほど王城は安定していません」

ここで、アルカディウスが王城を出て、また玉座を空けることなどできない。それこそ、隙《すき》を突《つ》かれよう。王も第一王子もまだ立てない状況なのだ。

第二王子はだからこそ、王城を出たのかもしれない。自身の代わりはいないとあぐらを掻《か》いて。

マクロンのように、玉座を温めることの重要性に気づいていないのだ。つまり、到底《とうてい》王の器《うつわ》ではない。

アルカディウスは第二王子とは違《ちが》い、そこは見えている。だが、問題は経験のなさだろう。

アルカディウスが誰かに指示するにも、まだ政務も軍務も駆け出しの状態に近く無理がある。

外交ばかりしてきたせいで、王城内の勢力図もわかっていないから誰に指示を出せば的確か判断できないからだ。

「そうね。今はセナーダの安定に尽力《じんりょく》して」

フェリアは一抹の不安を抱《かか》えたまま、この状況を呑《の》み込むしかなかった。

ボルグが追わせた騎士からの連絡を待つだけだ。


マクロンは、セナーダの政変だけに力を注ぐわけにはいかない。

ペレが書類をマクロンの執務《しつむ》机に置いた。

「各国から、次々に申請《しんせい》書類が提出されております。こちらは、王様に目を通していただきたい案件となります」

フェリアがセナーダを落とし、アルカディウスがその玉座を奪還《だっかん》したという報告を待つ間、マクロンは政務に励《はげ》んでいた。

「それから、こちらを」

ペレが、国印の押された文をマクロンに渡《わた》す。

「アルファルド王から、カロディア入領を再度検討していただけないかとの旨《むね》が記されております」

マクロンは文を開いて確認《かくにん》した。

「……王弟か」

「はい。アルファルド王弟がカロディア視察を申し出たようです。嫡男《ちゃくなん》ハロルドの失態アルファルドは貢献《こうけん》を重んじる国である。カロディア視察で医術への貢献をしたいのだろう。


「これに関しては、フェリアが戻ってきてからだ」

「かしこまりました。それから、『ノア』と『クコの丸薬』の取引内容が決まりました」

マクロンの前に取引内容の書類が置かれる。

「まあ、妥当《だとう》だろう。こちらは最高級の『秘花』を手にしたのだからな」

マクロンは内容を確認後、承認印《しょうにんいん》を押した。

「それで、こちらがアルファルドの視察団から追加の申請です」

「……次から次へと、アルファルドは限度を知らぬのか？　貢献の競《きそ》い合《あ》いにダナンを巻き込みおって」

マクロンはこめかみを押さえる。

「失礼します」

ビンズが部屋に入ってくる。

「女が目覚めました」

女が再度目覚めたのは、フェリアもサブリナも出発した四、五日後だった。

ちょうど、アルカディウスがセナーダの空の玉座を奪還した頃《ころ》になる。

「あ、れ？」

「ああ、目覚めたのかい」

ケイトが女をゆっくり起こして、水を飲ませた。

すぐにガロンがビンズに知らせる。

「私……確か、そうだ！　ミ、ミタンニに行かなくちゃ！」

扉《とびら》に向かおうとする女を、ケイトが落ち着かせる。

しばらくすると、コンコンと部屋の扉がノックされた。

「失礼する」

マクロンが、ペレとビンズを引き連れ部屋に入ってきた。

目覚めの知らせを受け、女に聴取《ちょうしゅ》しに来たのだ。

「女、名を申せ」

マクロンは、『ミタンニの証《あかし》』を見せながら問う。

「あっ、それ！　返して！」

「もちろんだ。こちらの問いに答えてもらったらな」

マクロンは指輪を握る。

「……わかったわ」

女はマクロンの手を見つめながら答えた。

「それで、名をなんという？」

「メルラ」

「アルファルドのアリーシャと親しいのか？」

メルラが少し考え込んでから口を開く。

「あの姫様が私の手を欲《ほ》しがったから」

その言葉の意味を、マクロンは痛いほど理解している。

「そうか……続けられるか？」

マクロンが促《うなが》すとメルラは大きく深呼吸して言葉を紡《つむ》ぎ出す。

「私は『亡国ミタンニ』から逃《のが》れた移民です。方々の国を転々とする中、自給自足しか生き延びる術《すべ》はありませんでした。あの姫様は、農耕の手を欲しがっていました。とても、感謝しています。姫様が私の手を欲《ほっ》したから、母と姉を奪われ……父が亡《な》くなり一人となっても生き存《なが》えたので」

アリーシャが成功した『秘花』はこのメルラの手助けあってのことなのだろう。

「どうして、『ミタンニの証』を持っている？」

メルラがマクロンを睨《にら》みつけた。

「父の形見だから！」

マクロンは無言でメルラに指輪を返した。

メルラが差し出された指輪をかっ攫《さら》う。

「ミタンニの縁者《えんじゃ》なのだな？」

メルラの目から涙《なみだ》が溢《あふ》れ出《で》た。小さく首を横に振《ふ》っている。

「我が母はミタンニ出身。我にもミタンニの血が流れている」

メルラの目が大きく見開かれた。

「あ、えっ？　あの、それって……」

「ダナン国王マクロン様です」

ビンズがすかさずメルラに教えた。

「ご、ごめ、ちがっ、申し訳ありません！」

メルラがベッドから降りて土下座を披露《ひろう》した。

「混乱に乗じて、特別室から後宮に向かったということで間違《まちが》いないか？」

「はい。申し訳ありません。どうしても、あの指輪の方とお話がしたくて」

「構わん。お前のおかげでこちらは助かった」

メルラが『滅相《めっそう》もない』とさらに身を小さくした。

「ベッドに戻れ。話しづらい」

ケイトがメルラを起こして、ベッドに座らせた。

「どうやってここまで来た？　追ってきたにしては、到着《とうちゃく》が早すぎる」

アルファルドからダナンの道のりは、最低でも馬車で三週間はかかるのだ。一介《いっかい》の侍女《じじょ》が乗合馬車でダナンを目指したとして、上手《うま》く乗り継《つ》いでも一カ月以上はかかろう。

それに、アルファルドの王城をどうやって出られたかだ。冷宮で、アリーシャの侍女のする仕事はどうしてきたのか。疑問は多い。

「バロン様の荷馬車に忍び込んで……アルファルドの使節団のふりをして」

どうやら、メルラは忍び込むのが得意らしい。ミタンニからアルファルドまで逃れられたのは、そういうことなのだ。

「バロン？　視察団にいたか？」

マクロンはペレに確認する。

「……アルファルド王弟バロン様では？　確か、カロディア入領の断りを出したため、ダナンには入国していませんが」

ペレが疑わしげにメルラを窺《うかが》う。

「セ、セナーダで足止めにあって、そこからは自力で……いえ、またダナンに向かう馬車に潜《もぐ》り込みました」

メルラが項垂《うなだ》れた。

妃選びの夜会に向かう馬車は多かった。きっと、それに紛《まぎ》れたのだろう。

ダナンに入るには、セナーダ経由かターナ経由のどちらかしかないのだから。

「アルファルドの許可は取ったのか？」

「姫様にお話ししたら、行っていいとおっしゃって……もう手は必要ないから構わないと。第一妃様から許可を出してもらいました」

マクロンの叔母《おば》なら、ミタンニ出身のメルラと知れば許可を出すだろう。義理の姉になるダナン前王妃の母国であるミタンニの者。

そのミタンニの血を繋《つな》ぐマクロンに、メルラを遣《つか》わせたようなものだ。ただ、アルファルドでは立場が弱く、コッソリ送り出す以外手はなかったのだろう。

ここで、マクロンはひと息ついた。

「さて、再度『ミタンニの証』について訊《き》きたい。その特別な指輪のことを教えてくれないか？」

メルラが指輪を見つめる。

「ミタンニの縁者なのか？」

「いえ……ミタンニ王家の銀細工を、父は作っておりました」

メルラがポツリポツリと話し出す。

「『ミタンニの証』を作ったのは父です。それから、遠方に向かう姫様の『銀のブローチ』を。幼かった私ですが、父が誇《ほこ》っていたのを記憶《きおく》しています。王家からの特注品に携《たずさ》わることができたので」

フェリアが現在所持している銀のブローチは、メルラの父が作ったものだったということだ。ここでいう姫様とは、ダナンの前王妃のことになろう。ミタンニから遠方ダナンに、妃選びで向かう姫様ということである。

「でも……異民族に侵攻《しんこう》されて……母も姉も奪われて、父と共にミタンニを離《はな》れるしかなかった。ミタンニが……亡国となるのに時間はかからなかったのです。隣国《りんごく》に足を踏《ふ》み入れた頃には、もうミタンニ崩壊《ほうかい》の噂《うわさ》が届いていましたから」

「そうか、苦労したのだな」

マクロンの言葉に合わせるように、ケイトがメルラの背を撫《な》でる。

メルラは、指輪をギュッと握っている。

「これは……」

メルラがマクロンに指輪を差し出した。

「ミタンニ王が、姫様の最初の御子《みこ》にと内緒《ないしょ》で父に作らせていた『ミタンニの王血の証』なのです！」

つまり、この指輪はマクロンのために作られていたということだ。

ダナンの妃選びに向かった姫を思い、先んじて作らせていたのだろう。

マクロンは、メルラの手から指輪を受け取る。

「これは、我の物であったか」

「ち、父から、これを託《たく》されて、そ、それで……もし、お渡しできることがあれば、こう願い出ろと……ミタンニ復国を託すと！」

メルラが顔を涙でグチョグチョに濡《ぬ》らしながら、叫ぶように言った。

「すでに準備に入っている。お前が追った『ミタンニの証』を持つダルシュが、もう彼《か》の地に向かっているのだ」

「ダ、ダルシュ？　え！　ダルシュおじさん⁉」

「知っているのか、ダルシュを？」

メルラが泣き笑い顔で頷《うなず》く。

「そっか、おじさんだったんだ」

「待て、ちゃんと教えろ」

「私の名付け親です。父とダルシュおじさんは旧知の仲で。小さい頃は肩車《かたぐるま》してもらった記憶があります」

ダルシュが救いたかったミタンニの者がここに存在している。

マクロンは心が温まった。ダルシュが背負った十字架《じゅうじか》が少しでも軽くなればいいと願う。ダルシュはミタンニ崩壊の知らせを聞いても、ここダナンから離れなかったのだ。マクロンの母である前王妃を守《まも》り抜《ぬ》くために。

今回の政変時、セオも同じようにセナーダの姫を守り抜いた。騎士とはそういうものなのだ。

ダルシュはきっと身を切る思いで生きてきたはずだ。ミタンニに駆けつけたい思いを封《ふう》じて、姫の騎士という王の命令を忠実に守ったのだから。

前王妃亡き後、庭師として王城に残ったのは、ミタンニの血を継ぐマクロンから離れたくなかったのだ。

「アルファルドには、お前のようにミタンニから逃れた者が他にもいるのだろう。ダルシュがそう言っていたぞ。ミタンニの職人しかできぬ技巧《ぎこう》の物を見たと」

「はい！」

「ダルシュは一旦《いったん》アルファルドに向かったはずだ。ミタンニ復国を命じたから、ミタンニの者に声をかけるためにな」

「わ、私も」

「ああ、体を治したら向かえばいい」

マクロンはケイトに後を任せ、部屋を出た。

「……各国に散らばったミタンニの者は、復国の御旗《みはた》が掲《かか》げられれば集結を試みよう。問題は、身を置いた国がミタンニの者を手放すかどうかか」

メルラの在籍《ざいせき》はアルファルドだ。他の者も、すでに籍《せき》を得て生活しているはずだ。ミタンニが亡国となって久しい。

そして、異民族も狙《ねら》ったほどの腕《うで》のいい職人や能力者を簡単に手放そうとはしないだろう。

「相応の見返りが必要となりましょうな」

ペレが渋《しぶ》い顔で言った。

「まあ、な」

頭の痛い問題が湯水のように湧《わ》いてくるのが、国の統治というものだ。

「失礼します！」

第四騎士隊の伝令が廊下を駆けてくる。

「セナーダ第二王子、国境を越え敗走！」

「何⁉」

予定通りにはいかなかったのだ。

「ボルグ隊長の命により、第四騎士隊はセナーダとの国境で待機、精鋭《せいえい》五名が第二王子を追尾《ついび》中、ボルグ隊長とサブリナ様はセナーダ王城に知らせに向かいました！」

「犠牲《ぎせい》はないか？」

「はっ！」

「よし、ビンズ！　すぐに第二騎士隊を平服で準備させろ」

マクロンの手足となる第二騎士隊は、変装して仕事をこなすことが多い隊だ。

「セナーダからまだ追尾隊は出せまい。こちらが請け負《う》うと伝えろ！」

伝令がすぐさま引き返していく。

ビンズもすぐに準備に向かった。


翌日、エミリオとセオがダナン王城に戻ってくる。

「兄上！」

「無事であったか」

マクロンとエミリオは拳《こぶし》を軽く当てた。

「セナーダの玉座は奪還しましたが、セナーダ王と第一王子の状態が芳《かんば》しくなく、『クコの丸薬』が至急必要なのです。それと、第二王子は」

「その報告は聞いている。ダナンから追尾隊を出した。セナーダはまだ安定していないだろ？」

エミリオが軽く頭を下げる。

「ガロンを向かわせるから、交代してフェリアを帰国させよう。お前はこのまま残ればいい。セオ、すぐに準備して出立せよ」

「兄上！　私が姉上に言いつかったことですから、どうか最後までやらせてください」

マクロンは、いっそう男らしくなっていくエミリオの姿に目を細めた。

「そうか、ならば任せよう」

「ありがとうございます！　あの、それと……第一王子の意識が少しだけ戻ったのですが」

そこでエミリオは言《い》い淀《よど》んだ。

「言ってみろ」

「私の耳には『おうてい』と聞こえたのです。それが引っかかっていて……。姉上もアルカディウス王子も同じようでした」

「王弟と言ったと？」

マクロンはセオにも確かめる。

「私の耳には『てい』しか聞こえませんでした」

「そうか……とりあえず、再度セナーダに向かってくれ」

マクロンはエミリオとセオを見送った。

「セナーダに王弟はいるか？」

背後のペレにマクロンは訊《たず》ねる。もちろん、答えは知っているが確認は必要だ。

「私の知る限り、セナーダ王弟は存命していませんが、セナーダにいた王弟はわかります」

「セナーダで足止めにあっていた王弟だろ？」

ペレがフォフォフォと笑った。

マクロンはビンズに命じる。

「ビンズ、第二王子を生《い》け捕《ど》りにせよ。必ず『王弟』に繋がる何かがあるはずだ」

「はっ！」


アルファルド王弟バロンは思わず顔をしかめた。

「なぜ、ここに？」

セナーダの第二王子が目前にいるのだ。

カロディア視察を断られ、セナーダで足止めを食らっている中、第二王子と少々『言葉』を交《か》わした。そして、今は帰国の途中である。

「た、助けてください。アルファルドに亡命を望みます！」

バロンは周囲を確認する。疑わしく眺《なが》めれば、どの者も怪しく思えてきた。

第二王子の背後には、数名の者がいるだけだ。

第二王子に従った者は、まさかセナーダを離れると思っていなかったのだ。敗走中に逃げるように離脱《りだつ》していった結果、今や第二王子につき従っているのは数名しかいない。

残った者らもすでに、瞳《ひとみ》が怯《おび》えている。

バロンへ一縷《いちる》の望みをかけているに違いない。それも砕《くだ》かれれば、すぐにでも逃亡《とうぼう》しよう。

「とりあえず、宿にでも」

バロンは第二王子を隠《かく》すようにマントを被《かぶ》せた。

「それで、どうしたのです？」

バロンは気持ちを落ち着かせながら、第二王子に問うた。

「隙を狙い王の椅子《いす》に座れました。ですが、すぐに奪われたようで……セナーダにはもう帰れません」

第二王子が玉座を欲するか抑制《よくせい》するかと高みの見物のつもりだったが、転ぶにしても最悪の結果になったようだ。

だが、バロンには関係がない。

「なぜ、そのような暴挙を？」

「え？」

「私は言ったはずです。セナーダに機会はないと。軍務をキッチリ担えばいいと。セナーダ王が床《とこ》に伏《ふ》せっている隙を第三王子に突かれぬように、第一王子をお支えするように軍務に忠実にと！」

バロンは第二王子に向かって叱責《しっせき》を与《あた》えた。

「な、な、そちは、ちが、違う、ではないか！」

辛《かろ》うじて第二王子は反論したが、もう力は完全にない。

「何をどう勘違《かんちが》いしたのです⁉」

「そちが！　そちが！　そちがぁぁ！」

第二王子は踞《うずくま》り、床をどんどんと叩《たた》いた。

「アルファルド王弟として、貴殿《きでん》をセナーダにお送り致《いた》しましょう」

「嫌《いや》だ！」

第二王子は扉に向かって駆け出す。

だが、扉を開けたのはビンズであった。

「ダナン王マクロンより、お二人に招待状をお届けに参りました」

延期となった夜会の招待状である。

# 7 妃選び終了

「おかえり」

フェリアはマクロンに抱《だ》き締《し》められた。

「ただいま戻《もど》りました」

マクロンの身に体を寄せる。

『クコの丸薬』と一緒《いっしょ》にガロンがセナーダに入り、入《い》れ替《か》わって帰ってきたのだ。

「ビンズは？」

「ボルグの追尾《ついび》隊に合流しに向かった」

すでに、第二王子の敗走を追うボルグの追尾隊から報告が入っており、ビンズ率いる第二騎士《きし》隊は出発している。

マクロンとフェリアは、外通路へと向かう。

その手はしっかりと繋《つな》がっていた。

「王弟……確かに第一王子はそのように言った気がします」

「アルファルドの王弟バロンは、カロディア入領視察を申し入れたが、セナーダで足止めされていた。入領許可を出さなかったから、セナーダでは時間があったことだろう。王が伏《ふ》せっている中、きっと第一王子にも第二王子にも会っているはずだ」

フェリアは呑《の》み込めなかった気持ち悪さの原因がなんであるかに辿《たど》り着《つ》く。

「第二王子の政変はいきなりだったと、皆《みな》が感じているのです」

「ああ」

「第二王子の背を押した者がいたようですね。王城に戻らず、向かった先はその者のところでしょう」

ビンズが答えを持って帰ってくることになろう。答えの実態を。

「フェリア、妃選びを終了《しゅうりょう》させよう。夜会を再開する」

マクロンの言葉に、フェリアは微笑《びしょう》を返した。

「ええ、セナーダ政変は終わらせねばいけませんから」

「そうだな、ダナンの次期王妃《おうひ》が見届け人だ」

セナーダの政変で夜会は延期となった。再開させるには、そこをクリアにすること。セナーダ政変は、すでに妃選び最後の夜会の一部であるからだ。

バロンと第二王子が通されたのは、15番邸《てい》である。

二人は最後の招待客だ。すでに、邸内のサロンには計画に参加した者が座っていた。

マクロンとフェリア、ゲーテ公爵《こうしゃく》とブッチーニ侯爵《こうしゃく》、エミリオとペレの六人と、騎士たちが壁《かべ》に沿って控《ひか》えている。

サブリナとミミリーたちは、夜会の準備をしており参加していない。

「……お招きいただき光栄です」

流石《さすが》は、場数を踏《ふ》んでいようバロンである。すぐに、マクロンに挨拶《あいさつ》をした。それから横に座るフェリアに深々と頭を下げた。

「息子《むすこ》ハロルドに代わり謝罪を」

フェリアは目礼で返し、視線を第二王子に向ける。

俯《うつむ》き気味で、固く拳《こぶし》を握《にぎ》って立っている。

「夜会前に皆で腹ごしらえ中だ。座ってくれ」

マクロンは二人に着座を促《うなが》した。

「ようこそ、『イモニエール』へ」

騎士が二人に割り当てられた椅子《いす》を引いた。

二人が着座後、マクロンが口を開く。

「セナーダの第二王子よ。貴殿《きでん》の身柄《みがら》はダナンが引き受けることとなった」

マクロンがセナーダ王の親書を開いて見せた。

「私は！　アルファルドに亡命を希望します！　アルファルドは私を引き受ける責任があるはずだ！」

第二王子がバロンに向けて叫《さけ》んだ。どこかに身を寄せるにしても、セナーダの隣国《りんごく》ダナンでは、常に背中に剣《けん》を当てられているようなものである。

セナーダが引《ひ》き渡《わた》しを要望すれば、すぐにでも移送されるだろう。

第二王子が遠方を望む気持ちは、否、アルファルドを望むのはバロンの存在があるからだ。

「とんでもありません。私はセナーダ王の意向に沿うだけ」

バロンが手を大袈裟《おおげさ》に振《ふ》って拒否《きょひ》した。

「アルファルドが引き受ける責任とは？」

マクロンが静かに問う。その視線は第二王子でなく、バロンにあった。

「私は、私は！　この者に唆《そそのか》されて」

第二王子が立ち上がり、バロンを指差した。

「何をおっしゃいまするか？　私はそのようなことはしていません。天に誓《ちか》ってもいい。私の心は一点の曇《くも》りもありませんぞ。セナーダの政変を唆して私になんの得があるのです？」

バロンも第二王子を見ずに、マクロンに返答する。

「そ、そちのその口がぁぁ！」

摑《つか》みかかろうとする第二王子を騎士らが押さえた。

「その口はなんと言ったのだ？」

マクロンの視線はやはりバロンに留まったまま動かない。第二王子への問いでなく、バロンに問いかけているように。

「軍務を任され、セナーダ王の信頼《しんらい》が厚いと第二王子には申し上げました。第三王子の強固な婚姻《こんいん》も間近なため、第一王子の土台をしっかり支え、それが揺《ゆ》るぎなきよう隙《すき》を与《あた》えぬようにと。少々、口が滑《すべ》りまして、王弟の立場の心得を溢《こぼ》してしまったのを……勘違《かんちが》いしたのでしょうか？」

マクロンから視線を外し、バロンが哀《あわ》れみを宿した視線を第二王子に向けた。

「違《ちが》う！　違う！　そんなふうには言っていなかったではないか⁉」

騎士に押さえられながら、第二王子が喚《わめ》いた。

「要するに、王の器《うつわ》ではないということでしょ？　セナーダの第二王子も、そこの王弟も」


フェリアは二人を交互《こうご》に見ながら言い放った。

マクロンが思わず、フッと噴《ふ》き出《だ》す。

「フェリア、直球すぎるぞ」

「言わせてくださいませ。他人の言葉に安直に踊《おど》らされる者が玉座を得ようと？　失笑《しっしょう》しか出ません。それに、自身の言葉の責も負わぬ者が最も重い言葉を発せねばならぬ王にはほど遠いわ。失笑を通《とお》り越《こ》して呆《あき》れるばかりね」

第二王子もバロンも一瞬《いっしゅん》固まる。

次第《しだい》に血色が良くなっていくのは、怒《いか》りの感情からだろう。

それに油を注ぐようにフェリアは続ける。

「『勘違いしたのでしょうか』ですって？　勘違いされるような発言を王がすることはありません！　言葉を慎重《しんちょう》に選ぶのが王なのですから」

フェリアはバロンに向けて言った。

「私は王ではない！」

「ええ、その通り。王の器ではないのよ！　玉座になど辿り着けるものですか！」

「否定する！　セナーダと違いアルファルドでは王族の誰《だれ》でも玉座を望める！　そこの安直者と一緒にしてくれるな！」

バロンが第二王子を貶《けな》した。

「安直だとわかっている者に、『セナーダ王に信頼されている』と囁《ささや》き、『セナーダにはアルファルドと違い機会がない』と加え、『第三王子に強力な後ろ盾《うしだて》がもうすぐつく』、『第一王子の土台に隙がないように』とご丁寧《ていねい》にも、今しか隙がないかのように口にしたというのね」

フェリアはニッコリ笑ってバロンを見た。

バロンが放っただろう詳細《しょうさい》な『言葉』の裏付けはある。

ビンズが、第二王子からいち早く逃《に》げ出した例の側近を引っ張ってきた。

視線が第二王子から王弟バロンへと移ると、側近は大きな声を出す。

「アルファルド王弟バロン様のお言葉に、第二王子様は背中を押されたのです！　我ら配下はそれに従ったまで!!」

「ち、違う！」

「あら、さっきの第二王子のようね」

バロンがグッと言葉を詰《つ》まらせた。

「楽しかったかしら？」

「は？」

「だから、ご自分がしたくてもできなかったことを、第二王子にさせたのでしょ？」

フェリアはバロンの心情を汲《く》む。

バロンがしたかったこととは、王弟という立場を変えること。

バロンは確かに弟なのだ。つまり、第二王子と同じく弟で、アルカディウスとも同じく玉座への夢を抑制《よくせい》して生きている者だから。

視線を上げればそこには兄が存在している『弟』である。

「な、にを……」

「そして、失敗してやはりとでも思った？　同じことを自身はしてはいけないと確認《かくにん》できたのかしら？」

バロンが玉座を望むなら、貢献《こうけん》度を上げるのではなく、兄の椅子そのものを奪《うば》う方法を取るだろう。

第二王子に、ある種自身の身代わりをさせたのだとフェリアは指摘《してき》した。

失敗したら『ほら、兄の椅子を欲《ほっ》しなくて良かっただろ』と自身に思わせられる。

成功したら『ほら、まだ兄の椅子を諦《あきら》めることはない』と背を押してもらえる。

何も起こらねば『ほら、安直者でさえ抑制できるのだから』と。

「それとも、一矢報《いっしむく》いたとも？　息子ハロルドを失脚《しっきゃく》させたダナンに、一太刀《たち》でも浴びせたかったの？」

　フェリアは止まらない。

「セナーダの政変がダナンにどう影響《えいきょう》するか、誰にもわからない。けれど、波風は立てられる。少しでもダナンが困ればいいとも思った？」

　あわよくば『ダナンが混乱する』から気分がいいではないかと。

「カロディアの視察を断られた仕返しかしら？　ちょっとした鬱憤《うっぷん》晴らしと言った方が正解？」

　全てを言い当てられ、バロンが唇《くちびる》を噛《か》み締めた。

「二人に訊《き》く」

　マクロンは、フェリアの発言で静まった場に声を落とした。

「どんな国にしたい？」

　最初に第二王子に視線を向けた。

　マクロンの問いが意外だったのか、何も反応できない。

「一体、どんな国にしたく玉座を望むのだ？」

　今度はバロンに向いた。

「そ、それは、民《たみ》のため」

「民のために何をしたくて玉座を望む？」

「それ、は、豊かな生活を」

「具体的にどう豊かにしていこうと考え、玉座を得たいと考える？」

「医術を発展させ」

「それが今できていないと？　自身が王にならなければできないことだと？」

　バロンは口を開くが言葉は出てこない。

「現王、現治政に問題があり玉座を望むのか？」

　マクロンは二人を交互に見たが、黙《だま》ったままだ。

「まさか、ただ玉座を望むだけなのか？　単に王になりたいと？　冗談《じょうだん》がすぎるぞ。何かしたいことがあり、その地位を望むならまだ理解できる。王の座は、座った瞬間《しゅんかん》から始まりに過ぎない！」

　マクロンは声を荒《あら》らげた。

「この座は死ぬまで終わらぬ。失敗したからと国境を越えることも許されず、誰かのせいにもできない。発言にそんな意図はなかったなどとは通らぬ。一旦《いったん》発した王の言葉は覆《くつがえ》せない」

　バロンと第二王子は、マクロンの言葉に力なく項垂《うなだ》れていく。

「アルファルド王から親書が届いている」

マクロンはセナーダ王の親書の横で開いた。

「医術国と称《たた》えられるアルファルドが、カロディアの『補薬』を認めれば各国に向けての太鼓判《たいこばん》になる。どうか、民が救われる医術を一所に留《とど》めないでほしい。アルファルドは病を治すことに注力してきた。今後は病にならぬよう予防医術を確立していきたい。カロディア視察には我が弟が手を上げた。どうか、弟のカロディア入領を許可していただけないだろうか」

マクロンは、アルファルド王の親書の内容をかいつまんで話した。

カロディアの視察許可が下りなかったことを、バロンは兄であるアルファルド王に文で伝え、帰国することを知らせていた。その際に、セナーダの王子たちに挨拶に向かったのだ。

その時の第二王子に向けた『言葉』がセナーダ政変を引き起こした。

「どんな国を目指しているのかが、よくわかる。先の、襲撃《しゅうげき》も……アルファルドの苦心だったと思う」

マクロンは言葉を選ぶ。フェリアが襲撃されたことだ。

本当は、アルファルドの暴挙を声高《こわだか》に叫び、報復を行っても非難はされないだろう。だが、それは国家間を諍《いさか》いへと進ませる悪手になる。

互《たが》いの国で事を公《おおやけ》にせず『秘花』の取引で収めたのは、諍うより国にとって得になるからだ。

「今頃《いまごろ》、セナーダ政変の顛末《てんまつ》はアルファルドに届いていよう。まさか、王弟の『言葉』が関わっているとは思っていまい」

「私は政変には関係ない！」

バロンが膝《ひざ》を両手で強く包みながら言った。

「ああ、関わったのは『言葉』だ。きっとアルファルド王も事のあらましを知れば、そう苦心して文を寄越《よこ》してこよう。王の『言葉』とお前たちの『言葉』の違いを、身をもって知れ！」

バロンも第二王子も完全に力を失った。

セナーダ政変への、バロンの関わりはきっと証明できないだろう。『言葉』の解釈《かいしゃく》はどうとでも取れるものだからだ。

セナーダ政変を、どう終わらせるか。

「さて、腹ごしらえをしよう。二人には夜会に出席してもらう。今のうちに英気を養っておけ」

騎士が皆の前に『芋煮《いもに》』を配膳《はいぜん》した。

「嫁御《よめご》や、そろそろ準備をしなされ」

扇子《せんす》がバッと開く。

「また、そうやって顔を隠《かく》して。いくら、扇子を広げてもその縦巻きロールは隠せていないぇ」

「こ、このような辱《はずかし》め……耐《た》えられませぬ」

縦巻きロールがプルプル震《ふる》えている。

「失礼」

ソフィアと嫁御の会話に、サブリナが参入してきた。

「あら？　まだ、その破廉恥《はれんち》な髪型《かみがた》をしていますの、キュリー様？」

バッと顔を上げたせいか、クルンと縦巻きが跳《は》ねる。

「ちょっとぉ！　破廉恥って何よ!?」

ミミリーもサブリナの背後にいたようだ。

「ミミリー！」

ソフィアが勢いよくミミリーを抱き締めた。

ソフィアの豊満な肉体と、いつものように濃《こ》い衣装《いしょう》に埋《う》もれて、ミミリーは窒息《ちっそく》寸前だ。

「貴人、私の婚約者《こんやくしゃ》ですから」

ジルハンがミミリーを救出した。

途端《とたん》、ミミリーが真っ赤に頬《ほお》を染めた。

ダナン王城で、ジルハンの婚約者としてミミリーに扮《ふん》していたキュリーは、やっと表《おもて》舞台《ぶたい》に戻れるようだ。

妃選び最後の夜会が再開される。

この夜会の終わりをもってして、妃選びは終了となるのだ。

「キュリー様、その破廉恥な髪型によく耐えましたわ。ミミリーのふりはもうおしまいです」

サブリナが膝を折る。

「どうかお幸せに」

ミミリーもすかさず膝を折った。

キュリーはドレスをギュッと摑む。

「皆様のご尽力《じんりょく》に感謝致《いた》します」

扇子はない。クールな表情でもない。

キュリーは瞳《ひとみ》を潤《うる》ませながら笑った。

普段《ふだん》、無表情な者がさらす笑顔《えがお》は人の心を捕《と》らえるものだ。

「今、ズキューンでしたわ！」

ミミリーが興奮気味に言った。

「ええ、なんて卑怯《ひきょう》な笑《え》みなのでしょう！」

サブリナの頰も紅潮している。

キュリーは、そんな二人に囲まれて目をパチパチと瞬《しばたた》かせた。

「なるほど、これでキラキラ王子もやられたのですね。落としの極意《ごくい》を見させていただきました」

「え？　そ、そのようなわけ、ありません！」

仮面の取れたキュリーはなんとも可愛《かわい》らしかった。


夜会の順延など、普通《ふつう》ではないだろう。

事実、夜会の途中《とちゅう》から再開するなど、マクロンの治政では経験のないことだ。

それは、他国も同様であり、参列者にしても初めての経験に違いない。

マクロンはフェリアと一緒に壇上《だんじょう》に上がると、すぐに声を響《ひび》かせる。

「夜会で起こったことの全てに、我は責任を持つ。セナーダ政変も夜会の最中にあった。つまり、それを見届けることも夜会の一部である。政変の終息を後ほど宣言しよう。夜会を再開する。しばし、楽しまれよ」

マクロンの言葉で延期されていた夜会が始まった。

前回の参列者がほぼ集っている。


『結局、セナーダの玉座には第三王子が座っているようですな』

『そのようですぞ。ほれ、ダナンの次期王妃が見届けたとかなんとか……』

『電光石火だったと耳にしましたが』

『いやはや、侮《あなど》れませんな』

『ですが、本当かどうか……疑わしいですぞ』

『どちらにせよ、セナーダとターナがここにいないのではなんとも』

『そうですな。元妃《きさき》が全くおりませんな』


そこかしこで、セナーダ政変のことが囁かれている。

言わせておけばいい。これから、披露《ひろう》することになるのだからと、マクロンはフェリアと頷《うなず》き合った。

ビンズへと合図を出す。

「ご入場ください」

ビンズが前回同様に夜会場に響き渡らせる。

元妃が入場してきた。

前回と違うのは、たった三人だけしか入ってこなかったことだろう。

キュリーが三人……キュリー本人と、キュリーに扮したサブリナとミミリーである。

ざわめきが起こる。

「ダナンは、妃選び中に起こった危機から妃らを保護してきた!」

マクロンは夜会場に向けて言った。

示し合わせたかのように、ミミリーが一歩前に出る。

マクロンはフェリアを促す。ミミリーはフェリアの臣下であるからだ。

フェリアがスッと息を吸い込んで口を開く。

「ターナ国への安全な帰路を確認するため、ミミリーにキュリー姫《ひめ》の身代わりとなってもらいました。襲撃を幾度《いくど》もかわし、ダナン王マクロンの親書を届けたこと、称賛《しょうさん》に値《あたい》します!」

フェリアの言葉が夜会場に響き渡る。

「ありがたき幸せにございます」

ミミリーは胸を張り、前回の夜会で嘲笑《あざわら》った者らにほくそ笑む。ミミリーのそういうところは変わらない。

ミミリーがサブリナと視線を交《か》わす。

サブリナが一歩前に出た。

フェリアは満足げに頷いてから発する。

「セナーダ国への安全な輿《こし》入れ行路を確認するため、サブリナにキュリー姫の身代わりになってもらいました。大きな襲撃を切《き》り抜《ぬ》け、見事不届き者を敗走させたこと、称賛に値します！」

「ありがたき幸せにございます」

サブリナもミミリーに負けてはいない。サブリナを社交界で針のむしろにした者らに、冷笑《れいしょう》を披露する。

この二人への称賛で、キュリーに扮している理由を理解したことだろう。そして、キュリーを襲撃する者が誰であるかとの考えにも辿り着こう。

「私を守っていただき感謝致します」

キュリーが二人に感謝を述べる。

サブリナとミミリーは膝を折り、返礼した。見事な貴族令嬢《れいじょう》の所作である。

そして、二人はキュリーの後方へと下がる。

それを見届けてから、マクロンは口を開く。

「ここでハッキリ言っておく。セナーダ王並びに第一王子はセナーダにて床《とこ》に伏せっていた。第三王子のアルカディウスはダナンの監視下《かんしか》に置かれていた」

マクロンが言ったことは、キュリーへの襲撃の犯人を導き出す言葉である。

答えは自《おの》ずと浮《う》かび上《あ》がる。キュリーを欲していたのは第二王子だ。

マクロンは明確な言葉なく、皆に伝えたのだ。

そこで、マクロンはセナーダ王の親書を掲《かか》げた。

「我が望んだセナーダ王の親書がこの手にある！」

前回の夜会で、セナーダの使者に要望した親書だ。

「この政変の責を負い、王と第一王子は静養に入り、アルカディウス王子への譲位《じょうい》が決定された旨《むね》が記されている。また、ターナ国キュリー姫のアルカディウス王子への輿入れを、ダナン国次期王妃フェリアを後見人として申し入れたいとも」

キュリーが感極《かんきわ》まって瞳を潤ませた。

「セナーダ国次期王妃様にお祝いを申し上げます」

ゲーテ公爵が声を張り上げた。

その声に合わせ、サブリナとミミリーがキュリーに祝意を述べる。

賛同するように、貴族たちも祝意を重ねていく。

「ありがとう、皆さんありがとう」

キュリーが笑顔を弾《はじ》けさせた。

だが、その笑顔を一番近くで見たいだろう者は、ここにはいない。

玉座を空にすることはできないからだ。今頃、アルカディウスはマクロンの気持ちが痛いほどわかるに違いない。

羽はあるのに、足を繋がれているのが王であると実感していよう。現在、アルカディウスは、譲位の儀式《ぎしき》が行われるまで王の代役としてその席に座っているのだ。

愛する者に会いにも行けない歯痒《はがゆ》さを感じていることだろう。

「入場致しますわ！」

ここで、可愛らしい声が夜会場に響いた。

セナーダの姫が女性騎士のローラとベルに手を繋がれながら入ってきた。

「待ちくたびれたので」

セナーダの姫は澄《す》ました顔を披露する。

「どうか、この者らにも称賛を」

マクロンは頷いた。

「命を狙《ねら》われた姫を、身を挺《てい》して守り抜いたこと称賛に値する。流石、ダナン国次期王妃が手塩にかけて育てただけはある」

マクロンはフェリアをチラッと見て、いたずらっぽく笑ってみせた。

フェリアがミミリーやサブリナにも負けず劣《おと》らずで、鼻高々の表情を参列者に見せつける。

謙遜《けんそん》などするものか。胸を張って誇《ほこ》ればいいのだ。臣下たちが頑張《がんば》って得た結果を大したことではないなどと言えようか。

命がけで臨《のぞ》んだ臣下たちにあまりにも失礼だ。

誇って、見せつけて、隙を与えるな。揺るぎないダナンを披露してこそ、意味があるのだ。

他国が一目置く存在へ、自国の者が誇れる王と王妃へ。

「メルラを」

マクロンは最後の功労者を呼ぶ。

メルラが緊張《きんちょう》した面持《おもも》ちで入ってきた。

「この者が、王城内で暗躍《あんやく》する不届き者の存在をいち早く我らに伝えたからこそ、セナーダの姫は救われたのだ」

メルラが『滅相《めっそう》もありません』と頭を下げた。

「アルファルドの我がいとこアリーシャの侍女《じじょ》と聞く。なぜ、ここダナンまで足を運び王城に入った？」

メルラがおもむろに『ミタンニの王血の証《あかし》』を掲げる。

「私は、亡国ミタンニの民です！　亡《な》きミタンニ王より、銀細工職人だった父がこの指輪を依頼《いらい》されました。ダナンに向かう姫様に、その姫様に授《さず》かるだろう御子《みこ》へ『ミタンニの血筋』を証明する指輪を作らせていたのです！」

参列者にどよめきが起こった。

亡国の悲劇は皆の知るところである。前の夜会でもマクロンが告げたように、妃選び中の妃はダナンが責任を持って保護する習わしと繋がるのだ。

マクロンの母である前王妃も亡国となったミタンニより妃として迎《むか》えられた。

「その指輪は、ミタンニの忠臣十名に授けた『ミタンニの証』に似ているな」

「はい！　私は、アルファルドでダナンから来訪していた『ミタンニの証』を所持する者を見かけ、ダナンまで追ってきたのです！」

「なるほど、それで王城に入ったわけか」

参列者は、マクロンとメルラの会話に夢中になる。ある意味、劇を見ているような気分だろう。

それも手はず通りだ。

「我が臣下なら称賛を送ろうが、お前は……お前には何を送れば良いものか」

マクロンはフェリアへと視線を移した。

「その者の望むものを」

フェリアは、銀のブローチを手に取ってメルラに渡す。

「これも！　これも父がダナンに向かう姫様のために作ったものです。このブローチと指輪はミタンニ王の最後の願いとなりました。……私は、『ミタンニ復国』を望みます」

涙《なみだ》に濡《ぬ》れそぼったメルラの瞳がマクロンとフェリアに向く。

参列者も期待を寄せた瞳を、マクロンとフェリアに送った。

「ダナン国次期王妃に二言はない。お前の望むものをしかと聞き入れた」

マクロンはフェリアへ場を預けた。


フェリアは、夜会場を見回す。

そして、二人の名を呼んだ。

「エミリオ、イザベラ」

二人がフェリアの前に並んだ。

「『ミタンニの血筋』はマクロン様だけではありません。エミリオもまた『ミタンニの王血の証』を引き継《つ》ぐ者でしょう。マクロン様は、ダナンの玉座を離《はな》れられません。ですから、エミリオに『ミタンニ復国』を命じます」

皆が息を吸い込み、エミリオの返答を待つ。

「しかと、賜《たまわ》りました！」

「ミタンニ復国の王エミリオと、その王妃となるイザベラに、激励《げきれい》の拍手《はくしゅ》を」

フェリアが言うと、ワァッと歓声《かんせい》が上がり拍手が沸《わ》き起《お》こった。

ここまでのお膳立《ぜんだ》ては完璧《かんぺき》だろう。

フェリアはグッとお腹《なか》に力を入れて、参列者に向く。

「ミタンニが亡国となって久しいわ。ミタンニの民も各国に散らばっていましょう。メルラのように、すでに他国に籍《せき》があると思います。ミタンニ復国の際にはどうか快く送り出してほしいと願うばかり」

この言葉に、参列者たちが視線を泳がせた。ミタンニの者は優秀《ゆうしゅう》な職人が多く、貴族のお抱《かか》えになっているのだ。メルラがアリーシャの侍女であるのと同じである。

「もちろん、相応の『何か』は必要ね」

フェリアはすかさずマクロンの前に膝をつく。

「『ミタンニ復国』の際、多くの『創始の忠臣』が必要になりましょう。このダナンを支える忠臣をわけるわけにはいきません」

「そうだな。して、次期王妃はどう考える？」

「爵位《しゃくい》を賜れぬ者は、各国に多くおりましょう。能力はあるが家門を引き継げぬ者……

を、ミタンニの民と共に向かわせるのです。皆さん、爵位に興味はございませんか？」

参列者の喉《のど》がゴクンと動いた。

「王様！　もちろん、ここダナンの貴族も同様でしょうか？」

ブッチーニ侯爵が声を上げる。

「そうだな。多くの貴族家で爵位を継げぬ者はいよう。その者には『ミタンニ貴族』を授けよう。だが、国を復興するのだ。能力のない者は引き受けぬ」

マクロンの了承《りょうしょう》が出た。これで、ミタンニの民は集結しやすくなるだろう。

「皆さん、帰国後に検討くださいませ」

フェリアはサッと退いた。

まだ夜会は終わっていない。

セナーダ政変の終息はここからだ。


「さて、セナーダの第二王子とアルファルド王弟バロンをこれへ」

マクロンはビンズに目配せした。

身を縮ませた第二王子と、蒼白《そうはく》なバロンが騎士に囲まれながら入ってきた。

参列者は遠巻きに二人を眺《なが》めている。

バロンがなぜ、第二王子と同じ土俵に案内されたのかと興味がそそられているようだ。

勘《かん》のいい者なら、ピンときていよう。

だが、口には出さないで参列者同士で視線を絡《から》ませるだけだ。

新たな劇に期待の目を向けている。

「詳細な説明はいらないだろう。玉座への野心が育った結果の政変である。そして、その芽をいち早くこのダナンが摘《つ》み取《と》った。第二王子よ、この『言葉』に間違《まちが》いはあるか？」

「ま、ちが、いは……ありません」

第二王子は身に滲《し》みて『言葉』の残酷《ざんこく》さを経験したことだろう。そして、自身の愚《おろ》かさも。

「継げぬ者の気持ちは、皆も理解しよう」

マクロンは、先ほどの爵位の提案を出して、参列者に含《ふく》ませるように告げる。こうすれば、政変の詳細はいらない。

参列者が第二王子の野心を理解し、哀れんだ瞳を向けた。

「アルファルド王弟バロンよ、そちの『言葉』が意図せず、第二王子の野心を育てる水やりになったことを認めるか？」

バロンはグッと喉を止めている。言葉を紡《つむ》ぐのをここに至っても拒否しているようだ。

「運が悪かったな、バロン。そこのゲーテ公爵やブッチーニ侯爵なら、狡猾《こうかつ》な舌を戦わせられるが、まさか第二王子が舌戦《ぜっせん》でなく、実戦へと『言葉』の意味を取り違えるとは思ってはいなかったのであろう？」

「は、……はぃ」

バロンがやっと認めた。認められるギリギリの『言葉』だったのだ。

参列者が政変の背景に何があったのか、これで容易に理解できただろう。バロンへの同情とも取れる視線が向けられている。

第二王子が口を開きかけるが、マクロンが制した。

「『言葉』を深く考えられぬ者が、王族であってはならぬ。ましてや軍務を担《にな》うなど国を滅《ほろ》びへと向かわせることになるのだ。口を開く時はよく考え、耳にする時もよくよく考え抜き、行動に移すなら全ての責を背負う覚悟《かくご》を持て。第二王子よ、責を負えるか？」

第二王子の首がゆっくりと縦に動いた。

「アルファルド王弟バロンよ、責を負えるか？」

「いかようにも。ただし、この件にアルファルドがいっさい関与《かんよ》していないことを、私個人の軽率《けいそつ》な言葉が原因であったとご了承ください」

バロンが少しずつ背筋を伸《の》ばす。王弟としての矜持《きょうじ》が戻ってきたようだ。アルファルドを支えてきた自負を思い出したのだろう。

「ここに、セナーダ政変の終息を宣言する！」

マクロンの言葉に、参列者たちが頷き合った。両人への処罰《しょばつ》に口出しする立場でなく、ただセナーダの政変の終わりを皆で見届けただけだ。

自国にどう説明するのかは、参列者の思うところでいいのだから。

きっと、ダナンは強力な推進力を持ったと感じたことだろう。次期王妃フェリアの臣下たちの働きで、この政変は収まったのだから。

電光石火、まさにその通りである。

フェリアの王妃としての器は十分に認められたことだろう。

そして、『ミタンニ復国』という産物も、各国の利益に繋がる手土産《てみやげ》だ。貴族とは、得になることに邁進《まいしん》する生き物である。得は国を豊かにすることにも繋がるのだ。間違いではない。

静かに退場する第二王子とバロンを尻目《しりめ》に、参列者たちが談笑《だんしょう》を始めた。夜会はこれで通常に戻ったのだ。

つまり、妃選び最後の夜会は……、マクロンはゲーテ公爵に目配せした。

「王様、次期王妃様、実に素晴《すば》らしい夜会となりましたな」

自国の筆頭貴族が挨拶をすると、夜会が終わりに向かう合図だ。

「ああ、お前たちのおかげだ」

マクロンはニヤリとゲーテ公爵と笑み合った。

その背後でブッチーニ侯爵も、サブリナもミミリーもニンマリと笑っている。

「曲者《くせもの》ばかりだな」

マクロンは呟《つぶや》いた。その顔は誇らしげである。

「妃選びの夜会は……滞《とどこお》りなく終わりました！」

最後にビンズが締める。

「ダナン国次期王妃フェリア様、本日より王妃塔《とう》にお移りください。後宮三十一の邸宅《ていたく》は、本日をもってその役目を終えます」

フェリアはマクロンと共に立ち上がる。

参列者がいっせいに膝を折った。

皆に見送られながら、二人は夜会場を後にしたのだった。

# 8 その後の幸せ

「ダルシュおじさーん！」

メルラはアルファルドに戻《もど》ってきた。

冷宮のガゼボで、アリーシャとアリーシャの母である第一妃がダルシュとお茶をしている。

ダルシュの後ろには下男が控《ひか》えている。

ダルシュにつかせた王妃近衛《おうひこのえ》は、一旦《いったん》ダナンに帰国していた。

「よく戻りましたね」

第一妃がメルラを労《ねぎら》う。

「……無事で良かったわ」

アリーシャがチラチラとメルラを見ながら言った。もうその手は必要ないとは言ったが、メルラのことを心配していたのだろう。

ダルシュが怪訝《けげん》そうにメルラを見ている。

「お前は？」

「これを見てください！」

メルラは『ミタンニの王血の証《あかし》』と『銀のブローチ』をダルシュに見せる。

マクロンとフェリアは、メルラにミタンニ王の想《おも》いを託《たく》していた。

ダルシュなら、この二点がどういうものかわかるはずだからだ。

第一妃とアリーシャからマクロンに遣《つか》わされたメルラを、今度はダルシュへと遣わせた。

「これは⁉」

ダルシュが驚《おどろ》いて、メルラの手を掴《つか》んだ。

「父が作ったものです」

「な、に⁉　じゃあ、お前はもしや」

「メルラです。よく肩車《かたぐるま》してもらったわ。ダル、シュおじ……さん」

メルラの瞳《ひとみ》から涙《なみだ》がこぼれ落ちた。

第一妃がメルラの背を撫《な》でる。アリーシャもメルラの手を包んだ。

「生きて、生きていたのだな……」

ダルシュの手がメルラの頭をワシャワシャと撫でる。

ダルシュがアルファルドで見つけた銀細工は、メルラの父が作った物だったのだ。

「……あいつは」

「父はもうミタンニ王のところに昇《のぼ》っちゃった。母も姉も奪《うば》われて行方《ゆくえ》知れず。一人になっちゃって……一人で……」

メルラは声を詰《つ》まらせる。

「メルラ、一人ではないのではないか」

ダルシュがメルラに寄《よ》り添《そ》う第一妃とアリーシャを見る。

「うん……うん！　ミタンニの者に心を寄せてくれる人たちも、ミタンニから逃《のが》れた者も、アルファルドにはいるもの！」

メルラが目元を袖《そで》でゴシゴシと拭《ふ》いた。

「ダルシュ殿《どの》とメルラで入《い》れ違《ちが》いになってしまって、私もどうあなたに説明しようか考えあぐねていましたが……流石《さすが》、ダナンの王ね」

第一妃がダルシュを見ながら言った。お茶会にダルシュを招待したのは、メルラのことを伝える予定だったのだ。

メルラは、第一妃の言葉に反応して、懐《ふところ》から文を出した。

「これを、お渡《わた》ししろと仰《おお》せつかりました」

メルラは、第一妃とダルシュにマクロンからの文を手渡す。

これまでの事の次第《しだい》が記された文だ。

「それで、これは……」

メルラは、フェリアから預かった文をアリーシャに差し出した。

アリーシャが目を見開く。

「え？　私にも……お姉様からなの？」

アリーシャの瞳に涙が溜《た》まる。

「はい。ダナンの次期王妃フェリア様からです。必ず、姫様《ひめ》にお渡ししろと」

三人が文に視線を落とす中、メルラは次の文をコソコソと下男へ渡した。

下男が小さく目礼し、文を受け取る。

メルラはほっとひと息ついた。

「お姉様が、私に……もう一度『秘花』を育てる機会を？」

アリーシャがフェリアの文の内容に感極《かんきわ》まっている。

「はい！　次期王妃フェリア様は、姫様に『秘花』の品種改良を復国ミタンニで成功させてみせなさいと仰せです。姫様がミタンニに向かうことで、私もミタンニへ行けるのです」

今回の夜会で決まったことだ。第一妃が文を確認《かくにん》し、『そうしなさい』とアリーシャの背中を押した。

「あなたは、アルファルドに縛《しば》られず、大きな視野を持った方がいいわ」

「お母様……私、頑張《がんば》ります！」

皆《みな》の背後で、下男が小さく『フォフォフォフォ』と笑っていた。

＊＊＊

嘘《うそ》も方便だと？　我に嘘をつかせるな。『ミタン二復国』を手伝え。エミリオを任せた。立派な王に育ててあげろ。我がお前に与《あた》える最後の命令だ。

マクロン

＊＊＊

フェリアは、城門前にキュリーと立った。

二人はこれからセナーダに向けて出発するのだ。

あの夜会後、キュリーは一度もターナに戻らず、ダナン王城からセナーダに出発する。

ターナもそれを了承《りょうしょう》している。

「今度も見送りか」

マクロンが少し不満そうに溢《こぼ》す。

ターナ国キュリー姫輿入《こしい》れの後見人は、ダナン国次期王妃フェリアなのだ。フェリアも随行《ずいこう》しての輿入れとなる。

婚約《こんやく》でなく、輿入れにするのはアルカディウスの立場を思ってのことだ。そうは言っても、正式な婚姻《こんいん》はまた別で盛大《せいだい》に行うことになっており、ターナの顔を潰《つぶ》すことはない。

元々、アルカディウスとの婚約は成約寸前であり、キュリーの婚姻準備も整っている。

譲位《じょうい》の儀式《ぎしき》には、アルカディウスの横にキュリーが並ぶことになっていた。

その譲位の見届け人も、ダナン国次期王妃フェリアとなる。

これで、フェリアの国外に向けての社交界デビューは鮮烈《せんれつ》なものになるだろう。

セナーダの政変を電光石火で終息させ、ミタンニ復国を命じ、セナーダ国の新たな治政の見届け人なのだから。

「アルカディウス王子も、我の気持ちをもっと理解することだろう」

マクロンの言葉に、フェリアとキュリーは首を傾《かし》げた。

「輿入れ婚の最中は、頻繁《ひんぱん》に会えないのが習わしと聞く。決められた親交しかできないはずだ。愛する者が近くにいるのに、会えないのはダナンの妃選びと似ているだろ?」

確かにその通りだ。正式な婚姻まで、儀礼《ぎれい》に乗っ取り生活するのが輿入れ婚である。お試《ため》しの婚姻であり、閨《ねや》を共にすることは叶《かな》わない。

「でも、マクロン様はこっそり抜《ぬ》け出《だ》してきましたわね」

フェリアは、マクロンの背後に控える近衛隊長に目配せした。

マクロンが以前フェリアの閨に侵入《しんにゅう》した際は、近衛隊長しか追えていない。

「コホン、人前で言うな」

マクロンは扇子《せんす》で口元を隠《かく》したキュリーを一瞥《いちべつ》した。

きっと、扇子の内側では笑《え》みを浮《う》かべていることだろう。

「アルカディウス王子なら、毎日こっそり向かいそうだわ。キュリー姫、よろしければ女性騎士《きし》を派遣《はけん》しましょうか？」

フェリアはフフッと笑って、キュリーの扇子を両手で包んでたたんだ。

キュリーの頬《ほお》や耳が赤い。

「ご心配には及《およ》びません」

キュリーに控える六人の侍女《じじょ》が声を揃《そろ》えて言った。

「確かに、あなた方がいればアルカディウス王子を撃退《げきたい》できますわね」

フェリアもこの侍女軍団には、妃教育でお世話になっている。

「そろそろご出発を」

ボルグが促《うなが》す。国境までは第四騎士隊が送るのだ。

そして、国境ではセナーダの騎士隊が迎《むか》えることになっている。

「ところで、フェリア……馬車は大丈夫《だいじょうぶ》か？」

「あっ……」

一瞬《いっしゅん》の間の後、皆の笑い声が城門前の広場に溢《あふ》れたのだった。

さて、セオは留守番をしている。

フェリアに随行せず、セナーダの姫についている。

セナーダの姫に随行してきた騎士は、襲撃《しゅうげき》の犯人であったため、セナーダの姫を守る騎士が不在なのだ。

本来であれば、フェリア、キュリーと一緒《いっしょ》にセナーダに戻る予定だったが、分散して帰国した方が安全だとも判断され、ダナン滞在《たいざい》が決まった。

もしも、三人同時に襲撃されたら危険だという理由からである。

「ねえ、セオ」

セナーダの姫は、セオに話しかける。

「私、思うのよ。マクロン王は三十歳になったわ。私も八歳になったの。二十二歳の歳《とし》の差でも妃候補になるの。王族って、歳の差なんて関係ないのだわ」

地につかぬ足をブラブラさせながら、セナーダの姫は言い聞かせるように述べている。

セオはパン窯《かま》に薪《まき》をくべながら、セナーダの姫に笑みを返した。

「聞いていて、セオ？」

「はい、聞こえています。姫様は立派に王族として、あの夜会を勤め上げました。歳など関係なく、姫様の堂々たる物言いに参列者も感心しておりました」

妃選びの最後の夜会のことである。

「ええ！　私、あのように皆の前で発言するのは初めてだったけれど、フェリア様から頼《たの》まれたのだもの。ちゃんとできたわ」

セナーダの姫は誇《ほこ》らしげに胸を張る。

「ご褒美《ほうび》のパンがもうすぐ焼き上がりますから」

セオは窯を覗《のぞ》き込む。

「姫様、うさぎのパンがいいですか？　ちょうちょのパンにしますか？」

「セオ、私昨年より一つ歳をとってもう八歳よ。可愛《かわい》いパンがいいなどと子どもっぽいことは言わないわ」

セナーダの姫はツンと澄《す》まして言った。

しかし、フォレット家に滞在中は、可愛いパンが届けられていたのだが。

「私、クルクルスティックパンがいいわ。両想いになれるパンって小耳に挟《はさ》んだのだけど？」

マクロンとフェリアの思い出深いパンである。

王と次期王妃を近づけたパンとして、今、王都では流行《はや》っているのだ。

「二つくっつけると、ハートの形に見えるからとかで、パン屋さんもなかなか商売上手ですね」

やはり、セオにセナーダ姫の乙女《おとめ》心は通じないようだ。

「それでね、セオ」

セナーダの姫はめげることなく、セオに話しかける。

「私、お忍《しの》びで買い物をしてみたいの。先に言っておくわ。子どもの好奇心《こうきしん》ではなくってよ。アル兄様とキュリー姉様に、内緒《ないしょ》で贈《おく》り物《もの》を用意したいの」

要するにデートのお誘《さそ》いだ。

「贈り物ですか。それはいい考えですね。あっ！　そういえば……」

セオがパンを皿に並べながら何か思い出したようだ。

皿の上に、ハートに並べられたクルクルスティックパンと、その周辺に飛ぶちょうちょのパン、色とりどりの新鮮《しんせん》な野菜をのせ、セオが満足げに頷《うなず》く。

「セオ？」

セオが、盛りつけた皿をテーブルに置くと、セナーダの姫は目をキラキラさせた。

「二つくっつけるとで思い出しましたが、王様とフェリア様の婚姻式には、『幸せのサシェ』と『幸運のサシェ』が販売《はんばい》される予定なのです」

セオは、婚姻式で特別販売されることになっているサシェの話をする。

エミリオが進めていたサシェ事業は、今後はジルハンが引《ひ》き継《つ》ぐことになった。

マクロンとフェリアの婚姻式後、ミタンニに向けてエミリオとイザベラは出発するため、準備に忙《いそが》しいのだ。

11番邸《てい》のサシェ工房《こうぼう》は、昼夜を問わず回転している状況《じょうきょう》である。

「素敵《すてき》……」

セオの話を聞いて、セナーダの姫はパンを頰張《ほおば》りながらうっとりしている。

「もしよろしければ、アルカディウス様とキュリー様に姫様がサシェをお作りになれば、一点物の贈り物になるのではと」

セオがそう言って、懐からサシェを取り出した。以前、フェリアが長老会議に乗り込んだ時に持参して説明したサシェは、セオが貰《もら》っていたのだ。

「このように、剣《けん》の刺繡《ししゅう》には鞘《さや》の刺繡が対《つい》になるのです」

セオが『どうぞ』と鞘の刺繡が施《ほどこ》されたサシェをセナーダの姫に渡した。

「私に⁉」

セナーダの姫の小さな手がサシェをギュッと握《にぎ》り締《し》める。

「はい」

参考にしてくださいと思いながら、セオが答えた。

「私、一生宝物にしますわ！」

「ええ、フェリア様が最初に作った逸品《いっぴん》ですから効果は抜群《ばつぐん》でしょう」

セオに乙女心がわかる兆《きざ》しがないまま、セナーダの姫は帰国することとなった。


「お兄様ぁぁ！」

セナーダの姫はアルカディウスを見つけると、元気よく駆《か》けていく。

アルカディウスが大きく手を広げて、セナーダの姫を抱《だ》き上《あ》げた。

アルカディウスへの譲位が滞《とどこお》りなく終わり、セナーダの姫は帰国したのだ。

セナーダの姫が王族でありながら譲位式に参列しなかったのは、幼いという理由だけではない。

譲位が終わるまでセナーダの血縁者《けつえんしゃ》をダナンで保護してほしいと、前セナーダ王が願ったからだ。現在、アルカディウスの他に王の血を継ぐ健全な者は、セナーダの姫しかいないのだから。譲位が終わり、セナーダが安定するまで慎重《しんちょう》を期したのだろう。

「ただいま戻りましたわ」

「おかえり、妖精《ようせい》姫」

アルカディウスの軽口は健在のようだ。

「お兄様、私もう八つですのよ。私は妖精から女神《めがみ》に進化したのです」

セナーダの姫は頬をふくらませた。

「よし、その女神に頼みたいことがある」

「よろしくってよ」

セナーダの姫は、女神と呼ばれ澄ました淑女《しゅくじょ》の言葉遣《ことばづか》いで返した。

「これから、キュリーのところに行こうと思うのだが、決まりがあって私一人では向かえないのだ」

「まあ！　ダナンのしきたりのようですわね。私、会えない寂《さび》しさはわかりますの」

セナーダの姫は、ポケットにしまってある『サシェ』に触《ふ》れる。

「わかりましたわ、お兄様。私、キュリー姉様に帰国の挨拶《あいさつ》に向かいますから、ご一緒しましょう」

アルカディウスが笑顔《えがお》を弾《はじ》けさせた。

「それでね、お兄様とキュリー姉様に贈り物があるの」

セナーダの姫は、ダナンで一生懸命《いっしょうけんめい》に作ったサシェをアルカディウスに見せる。

「『仲良しのサシェ』よ」

アルカディウスが、サシェの刺繍に気づく。

「これはカタツムリかい？」

セナーダの姫は一瞬固まった。

「……お兄様のお馬鹿ぁ」

アルカディウスの鳩尾《みぞおち》に渾身《こんしん》の一発を入れる。

『ウグッ』と呻《うめ》き、アルカディウスの体勢が崩《くず》れ、セナーダの姫はピョンと着地した。

「私、一人でキュリー姉様にご挨拶に行きますわ！」

「あっ、待っ……て、く……れ」

セナーダの姫の背に、踞《うずくま》りながら手を伸《の》ばすアルカディウスであった。

ビエーン
セナーダの姫は、キュリーに抱き締められながら泣いている。

「あらあら」

キュリーの手が、セナーダの姫の頭を優《やさ》しく撫でた。

「お兄様ったら酷《ひど》いのぉぉ」

「どうしましたの？」

セナーダの姫は、ヒックヒックしながら『仲良しのサシェ』をキュリーに見せた。

「まあ、刺繍がお上手ですのね」

「頑張って刺《さ》しましたわ」

セナーダの姫は、袖口で涙を拭《ぬぐ》いながら言った。

「『仲良しのサシェ』なの。お兄様とキュリー姉様に……二つで一対なのよ。お兄様が、カタツムリって、ヒックヒック」

またもビエーンとセナーダの姫が泣いた。

キュリーが二つで一対のサシェを凝視《ぎょうし》する。

「……ちょ、ちょうちょの触覚《しょっかく》かしら？」

セナーダの姫が目を見開いた。それから、ブワッと涙を流す。

「違うもーんっ！」

キュリーの鼓膜《こまく》が振動《しんどう》した。

セナーダの姫は駆け出す。

「お待ち……を」

打ちひしがれたキュリーの手がセナーダの姫の背に伸びたが届くはずもない。

結局、セナーダの姫の刺繍はなんであったのか？

正解はセオだけが知っている。


「ミミリーや」

ブッチーニ侯爵《こうしゃく》がホクホク顔で、書類を抱《かか》えてやってくる。

「お父様、またですか？」

ミミリーはうんざりした顔で言った。

「なんぇ？」

ソフィアがブッチーニ侯爵の持参した書類に視線を移した。

「いやあ、困りました。ターナの貴族からミミリーを是非《ぜひ》にと申し込みが溢れておりまして」

ターナに使者に出した一件で、ミミリーのターナでの人気は高い。

「おお、ブッチーニ殿の方にも？」

そこにゲーテ公爵《こうしゃく》が同じように書類を抱えてやってくる。

「お父様……暖炉《だんろ》にでもくべてください」

サブリナの眉間《みけん》にしわが寄る。

ソフィア、サブリナとミミリーがお茶をしているティーテーブルに、ドンと書類が積まれた。

ゲーテ公爵とブッチーニ侯爵は笑っている。

「私の方は、各国から届いておりまして」

あの夜会で、サブリナとミミリーは称賛《しょうさん》されたのだ。参列者の覚えよろしく、お見合

い の申し込みが殺到《さっとう》している。

父親二人が張り合うのは、仕方がないことだろう。二人は生粋《きっすい》の貴族である。

サブリナとミミリーがいつもやり合うのと同じようなものだ。

「ジルハン様をないがしろに？」

ゲーテ公爵が仕《し》掛《か》ける。

「まさか！　ミミリーはジルハン様の婚約者。ただ、ターナの貴族を袖にすることになるので、目を通して対策を練るために参じました。こちらの婚約は決まっています。まだ決まっていないそちらのお手伝いを致《いた》しましょうか？」

ブッチーニ侯爵がゲーテ公爵の持参した書類に手を伸ばす。

「それには及びません。サブリナは次期王妃フェリア様の右腕《みぎうで》。先に目を通すのはフェリア様にお願いしますゆえ。ご帰国までのんびり待ちます」

ゲーテ公爵が、ハンカチを取り出し書類を丁寧《ていねい》に拭く。ブッチーニ侯爵が伸ばした手は、書類には触れてはいないのに。いや、触れていたとしても失礼だろう。

二人は不敵に笑みを浮かべ合って、火花を散らしている。

反して、サブリナとミミリーはうっとうしそうにため息をついた。

「暑苦しいのぉ」

ソフィアが扇子で扇《あお》ぐと、書類がヒラヒラと舞《ま》う。

焦《あせ》って、ゲーテ公爵とブッチーニ侯爵が拾いに向かうが、ソフィアの扇ぎは止まらない。

ソフィアが、サブリナとミミリーに目配せした。

こういう時の淑女の結束は見事なものだ。

サブリナもミミリーも、扇子を大いに扇いで書類を撒《ま》き散《ち》らした。

「こ、こら、ミミリー」

「やめなさい、サブリナ」

必死に書類を拾い集める二人に、ソフィアが口を開く。

「書類を持参して張り合う暇《ひま》があるのなら、そこの草刈《か》りでもしてほしいものよのぉ」

ソフィアの言い分は全くもってその通りだった。

ソフィア、サブリナとミミリーは、今日もほっかむりで畑仕事なのだ。その休憩《きゅうけい》でお茶を飲んでいるところだったのだから。


セナーダ政変から三カ月が経《た》つ。

「おかしいわ」

フェリアは不満げだ。

「何もおかしくはありませんよ」

フェリアの不満にビンズが答えた。

「おかしいじゃない！　どうして、31番邸なのよ⁉」

妃選びは終わり、フェリアは王妃塔《とう》で過ごすはずだったが、ここへきて31番邸に逆戻《ぎゃくもど》りしているのだ。

「お忘れのようですが、妃選び中に王様と内緒で会った日数を消化しておりませんから」

ビンズが楽しげに言った。

フェリアは、追加の後宮生活を強《し》いられていた。

「皆の合意判断です。お二人が揃うとろくでもない……コホン、お二人には自重を学んでいただく方がよろしいかと」

フェリアは唇《くちびる》を尖《とが》らせる。

確かに、王妃塔に移ってからは少々活発的すぎたかもしれない。

「だいたい、どこの国に鞭《むち》を使って三階から跳《と》び下りる王妃がいるのです？」

「ほ、ほら、あれよ、あれ。襲撃から逃《に》げる手っ取り早い方法の実践《じっせん》ね！」

フェリアは上手《うま》く答えたと胸を張る。

「ほお？　では、フェリア様に手こずる騎士らを尻目《しりめ》に、王様がコソッと王塔を抜け出すのは？」

これこそ、フェリアとマクロンの連携《れんけい》だ。ビンズにしてみれば、だから二人揃うとろくなことをしない、となるのだろう。

「ペレもビンズもまんまとマクロン様を見失ったものね」

楽しげなフェリアとは反対に、ビンズが恐《おそ》ろしい笑みになっていく。

「ヒッ」

「ですから、この邸《やしき》でしばし自重を」

フェリアはシュンと俯《うつむ》いた。しかし、顔はしょげてはいない。すでに、次なる企《たくら》みを頭に描《えが》いている。

「失礼します」

ちょうどその時、ローラとベルが31番邸に戻ってきた。

今日から、やっと女性騎士が復帰するのだ。


ビンズの失態は、フェリアを元の31番邸に戻したことだろう。

フェリアとマクロンが、自重などするはずもない。

次々に、事を成していくのが二人の性分《しょうぶん》だ。

井戸から抜け出したフェリアは、郊外《こうがい》の森で待っていたマクロンより別の物に心を奪われていた。

「こら」

マクロンが苦笑《くしょう》しながらフェリアの横に立つ。

フェリアは、それでもマクロンに視線が移ることなく、毛並みを撫でていた。

「白馬って……見たことがなくて」

フェリアはうっとりしながら、白馬を撫でる。

「アルカディウス王がパレード用にと、贈ってきたのだ」

マクロンもフェリアと一緒に白馬を撫でた。

「……パレード」

フェリアの眉間にしわが寄る。

「馬車はやはり苦手か？」

マクロンがフッと笑った。

「ええ、ちょっと」

やっと、瞳を向けたフェリアをマクロンが抱き上げる。

「キャッ」

「乗れるのだろ？」

マクロンがフェリアを白馬に乗せた。

そして、マクロンもフェリアを包むように白馬に乗った。

「は、恥《は》ずかしいですね」

フェリアは肌《はだ》を桃色《ももいろ》に染めた。

「リカッロから『白馬に乗った王子様』にフェリアが憧《あこが》れていると教えてもらってだな」

マクロンが少し照れて言った。

「まあ、王子でなく王だが、そこは許してくれ」

「許すも許さないもありません！　私の王子様はマクロン様だもの」

フェリアはマクロンに体を預ける。

マクロンが手綱《たづな》を軽く振ると、白馬が歩き出した。

「うん、いいな。これなら、馬車はなくとも問題ないか」

「え？」

マクロンが言ったことに、フェリアは小首を傾げた。

「白馬に乗った王と王妃なら、馬車は要《い》らないと思う」

フェリアは嬉《うれ》しそうに笑ったのだった。

終わり

# あとがき

はじめまして、桃巴《ももともえ》です。もしくは幾度《いくど》かご挨拶《あいさつ》をしていることでしょう。

『31番目のお妃様《きさき》』六巻をお手に取っていただきありがとうございます。


今巻で、前王妃《おうひ》の全てを書き終え、やっと庭師を登場させることができました。

前回のあとがきで、四巻と五巻は上下巻と表現しました。お気づきの方もいらっしゃると思いますが、この六巻は三巻の続きになります。作者としては、続きであって上下巻ではないというこだわりを持っております。


さて、今回も登場した彼《か》の二人ですが、またも巻き髪《がみ》トリックが物語に花を添《そ》えていましょう。

『あはれ、キュリー姫《ひめ》が餌食《えじき》に』

と、読者様が内心ニヤついてくだされば、作者冥利《みょうり》に尽《つ》きます。

要するに、やはり作者は彼女たちの場面が好きなのです。

作者はミステリーも好きですが、ペンネームからもわかるように歴史ものも好きでして、今巻は影武者《かげむしゃ》を思《おも》い浮《う》かべたことから、急速に物語が脳内に展開しました。

それから、天下人たちの奇策《きさく》のようなわくわく感を書き上げたいとも。

ここまで書いて気づきましたが、作者はレーベルの特色を度外視した物語を執筆《しっぴつ》しているようです。

それも、規格外の妃フェリアのようだと思っていただければ幸いです。

読者様のおかげで、六巻まで出させていただきました。感謝致《いた》します。

そして、魅力溢《みりょくあふ》れる登場人物を描《えが》いてくださる山下《やました》ナナオ様、ありがとうございます。

少々いえ、大いに手間のかかる作者の物語を、軍師の如《ごと》く的確に導いてくださる担当様、ありがとうございます。

何より、六巻を最後《あとがき》まで目を通してくださった全ての方に、再度お礼申し上げます。

さて、作者は物語の品種改良に向かいます。それでは……

桃巴

■ご意見、ご感想をお寄せください。
《ファンレターの宛先》
〒102-8177 東京都千代田区富士見 2-13-3
株式会社KADOKAWA ビーズログ文庫編集部
桃巴 先生・山下ナナオ 先生

B's-LOG BUNKO
ビーズログ文庫

●お問い合わせ
https://www.kadokawa.co.jp/（「お問い合わせ」へお進みください）
※内容によっては、お答えできない場合があります。
※サポートは日本国内のみとさせていただきます。
※Japanese text only

# 31番《ばん》目《め》のお妃様《きさきさま》 6

桃巴《ももともえ》

2021年1月15日 初版発行

発行者 青柳昌行
発行 株式会社 KADOKAWA
〒102-8177 東京都千代田区富士見 2-13-3
（ナビダイヤル）0570-002-301
デザイン 伸童舎
印刷所 凸版印刷株式会社
製本所 凸版印刷株式会社



ISBN978-4-04-736460-8 C0193

定価はカバーに表示してあります。
◇◇◇

あっ
花壇《かだん》にあったレンガで窯《かま》を作《つく》ったの
これで美味《おい》しいパンを作《つく》れるわ
ふー
では…
早速《さっそく》ですが農機具《のうきぐ》一式《いっしき》が欲《ほ》しいです！
ぽあっ
平民服《へいみんふく》
牛車《ぎっしゃ》
回想
ニヤッ
ゴホッ
私《わたし》の荷物《にもつ》の中《なか》に兄《にい》さんの野営箱《やえいばこ》が紛《まぎ》れ込《こ》んでたんです
今頃兄さん荒てているわ
ビーズログコミックスにて
コミックス①～②巻好評発売中!!!
ちょっと（かなり）変わっているお妃様の成り上がり劇★
31番目のお妃様
七輝翼
原作／桃巴（ビーズログ文庫）
キャラクター原案／山下ナナオ